I0613716

RÉCITS

LÉGENDAIRES

PAR

ALFRED DES ESSARTS

TOURS

ALFRED MAME ET FILS

ÉDITEURS

BIBLIOTHÈQUE DE LA JEUNESSE CHRÉTIENNE

FORMAT IN-8° — 3e SÉRIE

Tours — Impr. Mame.

BIBLIOTHÈQUE

DE LA

JEUNESSE CHRÉTIENNE

APPROUVÉE

PAR Mgr L'ARCHEVÊQUE DE TOURS

—

3e SÉRIE IN-8°

8° Y²
1949

PROPRIÉTÉ DES ÉDITEURS

Diaire s'écria d'une voix déchirante : « Asile ! asile ! »

RÉCITS

LÉGENDAIRES

PAR

ALFRED DES ESSARTS

TOURS

ALFRED MAME ET FILS, ÉDITEURS

—

M DCCC LXXVIII

LE RENIÉ

Bien au delà des Pyrénées, bien au delà des Alpes, où vous vous arrêtez toujours, pèlerins de la nature, il y a une contrée chère au cœur et aux yeux; il y a une vaste ceinture de feuillage dont la fraîcheur est incomparable : c'est la vallée de Pieskowa-Skala.

La vallée de Pieskowa-Skala est l'Éden du Nord; quiconque l'a vue en venant de Krakovie en garde l'éternel souvenir.

Au-dessus de la vallée s'arrondissent en croupes hardies, ou s'élèvent en pics aigus, des montagnes imposantes. Écoutez! le torrent de Prondnik bondit à vos pieds; levez les yeux, un château aux noires murailles profile ses toits et ses tourelles sur le fond tendre des bouleaux. Devant le château se dresse un rocher : la force donne la main à la force.

Les siècles ont marché de leur pas de géant depuis le jour où, sous les hautes voûtes de ce manoir, Sendziwoy et Nawoy, les deux fils aînés du riche Toporczyk, s'armèrent de pied en cap, ceignirent l'épée, prirent leur bannière, sur laquelle étaient figurées deux haches en croix, et partirent pour aller combattre les ennemis de la Pologne.

Vainement leur père les avait-il suppliés, les larmes aux yeux et la voix tremblante, de ne pas le quitter encore, attendu qu'il avait sur la tête bon nombre d'hivers. Et puis, la construction de son château n'était pas achevée; il avait besoin de leur aide : et tout ce que la tendresse inquiète peut suggérer à un père.

« Seigneur, répondirent les fils aînés, le séjour de la maison ne convient qu'à des vieillards ou à de timides femmes. Dieu merci, nous sentons notre sang bouillonner, et nous avons hâte de donner la preuve du courage que nous tenons de nos aïeux.

— Mais s'il vous advient malheur contre les païens de Turks, qui ne font jamais grâce aux chrétiens, comment pourrai-je supporter l'existence, si courte qu'elle soit encore pour moi?

— Seigneur, répondirent les fils aînés avec un sourire dédaigneux, ne vous plaignez pas, puisque vous conservez auprès de vous notre cadet : Zegota est le compagnon qui convient à votre grand âge. Rien ne lui plaît tant que de fixer ses yeux sur le parchemin d'un manuscrit, ou de toucher les cordes de la harpe : c'est une demoiselle déguisée en garçon. Jamais la barbe ne fleurira à son menton. Ainsi n'ayez point souci de votre solitude. »

Ils s'étaient trompés, hélas! les fils aînés. Assurément la douceur du miel même n'était pas comparable à celle de Zegota; assurément Zegota était le clerc le plus docte qu'il y eût dans tout le pays de Krakovie; assurément Zegota, par sa présence, par ses discours, par ses soins, consola souvent le vieillard : mais quand il eut atteint sa vingtième année il fut pris d'une fièvre impérieuse.

Ce fut la fièvre des voyages : visiter les pays étrangers, en étudier les mœurs et les sites, telle était devenue son unique pensée.

« Cher père, cher père, il m'est cruel de vous affliger, vous qui m'avez témoigné tant de bonté, et avec qui j'ai si souvent prié Dieu; mais c'est Dieu lui-même qui m'a parlé et m'a commandé d'aller m'instruire chez les autres peuples.

— Mon fils, mon fils bien-aimé, as-tu donc besoin de tant t'instruire? Ne sais-tu pas déjà assez de belles choses? Qui te remplacerait auprès de moi, puisque tes frères ne sont pas revenus, et que peut-être ils ne reviendront jamais? Ah! mon fils, ne m'abandonne pas!

— Vous ignorez, cher père, ce que c'est qu'une âme éprise de la science. Vous éteindriez plutôt le feu de l'enfer que la flamme divine qui me dévore. Il faut que je parte ou que je meure! »

Le vieillard comprit qu'il ne devait pas résister davantage.

« Va donc! dit-il. Mais je veux que tu représentes dignement l'honneur de la famille. »

En conséquence, Toporczyk lui donna un arme-

1*

ment complet, un beau cheval blanc et un écusson aux deux haches en croix. Il l'exhorta à se conduire en gentilhomme, en se préservant de toute souillure; à se rappeler sa patrie, pour y revenir le plus tôt possible. Puis il lui fit des adieux qu'il pensait bien devoir être suprêmes, et le bénit en l'embrassant. Ils avaient plus de larmes dans les yeux que de paroles aux lèvres.

Plusieurs années s'écoulèrent tandis que Zegota, toujours avide de voir et d'apprendre, prolongeait au loin son exil volontaire. Cependant, après tant de courses il éprouva quelques remords de causer un tel ennui à son vieux père. Et puis l'image de la patrie s'était levée à l'horizon, l'appelant vers cette Pologne où étaient tous ses souvenirs.

« Selle-moi mon bon cheval, mon bon cheval blanc, cet ami fidèle que me donna mon père. Il faut que je parte, que je parte sans nul retard ! »

Au moment où Zegota allait atteindre le château, il aperçut sur un tertre un tombeau entouré d'une haie de cyprès et de romarins.

« Quel est ce tombeau ? demanda-t-il à un paysan.

— Silence, silence, seigneur, ne troublons point par le bruit de la voix le repos du digne gentilhomme qui dort ici. C'était le bon, le noble Toporczyk.

— Mon père !... » s'écria le jeune voyageur en fondant en larmes.

Mais le paysan le considéra avec méfiance, et grommela dans sa barbe :

« Il se dit le fils de Toporczyk... et cependant je ne le connais point. »

Les longs voyages avaient changé les traits de Zegota, et extrêmement bruni son visage. On aurait cru voir un Kirghiz-Kazak.

« Bonjour, mes frères. Dieu soit avec vous et avec la maison.

— Tes frères, dis-tu? Quel est donc ton nom, à toi qui oses nous appeler ainsi?

— Ne le savez-vous pas depuis ma naissance, vous qui êtes mes aînés? Je suis Zegota, le troisième fils de Toporczyk.

— Assurément Toporczyk, notre vénéré père, eut un troisième fils, nommé Zegota. Nous l'avions laissé auprès du vieillard, afin qu'il eût soin de ses infirmités, tandis que nous faisions la guerre aux mécréants. Mais Zegota était un ingrat, un cœur vide et léger. Il abandonna le vieillard pour aller s'ébattre dans les contrées étrangères, et l'on nous a rapporté qu'il était mort à Venise d'un coup de dague. »

La pourpre de l'indignation monta au front du jeune homme.

« Fieffés menteurs! s'écria-t-il, est-ce vous qui inventez ce conte, ou bien l'avez-vous admis? Zegota n'a pas été s'ébattre au dehors, mais étudier. Il n'est pas mort d'un coup de dague, et la preuve, c'est qu'il est devant vous.

— Arrière, imposteur! arrière, traître et larron! nous ne te connaissons pas. Prends garde, si tu in-

sistes, que nous ne te fassions pendre à la plus haute
tour de Pieskowa-Skala. »

Mais Zegota, si grande que fût sa douleur d'avoir
non-seulement perdu son père parce qu'il était mort,
mais ses frères parce qu'en eux l'amitié était morte,
soutint son dire avec fermeté, comme un vrai gentilhomme.

« Si vous récusez mon affirmation, regardez
l'écusson que je porte. N'est-il pas aux armes de la
famille?

— Sans doute, il est aux armes de Toporczyk;
mais tu peux l'avoir fait peindre.

— Regardez le cheval blanc qui m'a amené ici.
N'avez-vous pas remarqué comme il a henni en
sentant son ancienne écurie?

— Ce cheval, en effet, doit avoir appartenu à
notre vénéré père; mais tu peux l'avoir volé. »

Devant cette accusation infâme, Zegota demeura
froid; car, outre qu'elle ne l'atteignait pas, elle bri-
sait tout dernier lien entre lui et ses frères.

« Je comprends, dit-il avec calme, le motif de vos
outrages. En mon absence vous vous êtes partagé
l'héritage paternel, et aujourd'hui il vous serait dur
de me restituer ma part légitime. Mais rappelez-vous
que bien mal acquis n'a jamais profité. »

Cela dit, il remonta sur son cheval blanc et prit
la route de la capitale du royaume.

« Sire, il y a à la porte du palais un jeune homme
qui demande instamment à vous parler.

— Chambellan, connaissez-vous ce jeune homme?

— En aucune façon, Sire. Il dit qu'il lui a été fait

un grand tort par deux de vos gentilshommes, Sendziwoy et Nawoy Toporczyk.

— Cette accusation me surprend fort; Sendziwoy
et Nawoy sont la fine fleur des chevaliers : ils ne se
parjureraient pas par de mauvaises actions, eux qui
ont combattu les ennemis du Christ. Cependant,
comme il ne sera pas dit que, moi régnant, justice
ait été jamais refusée à quelqu'un, faites entrer ce
plaignant. »

« Sire, je tombe à vos pieds dans l'excès de mes
disgrâces.

— Qui êtes-vous, mon enfant ?

— Sire, je me nomme Zegota, et je suis le troisième fils du digne seigneur Toporczyk. »

A ce nom illustre, une forte rumeur s'éleva parmi
les assistants, malgré le respect où devait les retenir
la présence du roi.

« Si tu te nommes Zegota, et si, en effet, tu es
le troisième fils du digne seigneur Toporczyk, dont
Dieu ait l'âme ! en quoi as-tu à te plaindre de tes
frères ?

— Ni l'un ni l'autre n'a voulu me reconnaître
quand je me suis présenté à la porte du château, de
retour de mes longs voyages. C'est pour garder entre
eux l'héritage paternel.

— Jeune homme, l'accusation est grave. Une ca-
lomnie pourrait te coûter la vie, songes-y bien.

— Peu m'importe de conserver la vie, s'il m'est
défendu de conserver le nom glorieux de mon
père. »

Il y avait sur le front du jeune homme un rayon

de cette lueur sublime qu'on appelle la vérité. Le roi en fut frappé. Il invita Zegota à parler, et il l'écouta très-attentivement.

« Sire, dit alors le chambellan, une idée m'est venue. Les fils aînés de Toporczyk ont, contre la coutume, renvoyé tous les anciens serviteurs de leur père. De ces anciens serviteurs, il y en a trois que j'ai admis comme panetier, échanson et fauconnier de Votre Majesté. Permettez-vous qu'on les mande ici sans leur indiquer pour quel objet?

— Qu'il soit fait ainsi, » répondit le roi.

Les trois serviteurs arrivèrent les yeux baissés.

« Connaissez-vous cet homme? » leur demanda gravement le chambellan.

Ils regardèrent l'étranger et aussitôt poussèrent un cri, et ils s'agenouillèrent et dirent ensemble :

« C'est notre doux maître! c'est le noble Zegota!... Ah! s'il avait été là, on ne nous eût pas chassés comme des malfaiteurs!

— La cause est entendue, dit le roi. Déjà, tandis que le jeune homme parlait, je sentais le bon droit sortir de sa bouche en paroles inspirées. Celui-ci est bien Zegota, fils de Toporczyk. J'ordonne qu'il soit remis en possession de ses titres, biens et honneurs, dès ce jour, à peine de mort pour quiconque oserait contrevenir à ma sentence. »

Les deux frères aînés sont accourus.

« Où donc est notre Zegota, que nous l'embrassions? Grâces soient rendues à Dieu! c'était bien notre frère qui s'était présenté à nous sur son cheval blanc!...

— Laissez-moi ! s'écria le jeune homme, je ne vous connais pas !

— Nous sommes Sendziwoy et Nawoy ; nous sommes, comme toi, fils de Toporczyk.

— Je ne vous connais pas ! J'ai eu des frères, il se peut, mais je n'en ai plus !

— Vois, cet écusson n'est-il pas le nôtre ?

— Il ne sera plus le mien. Désormais mon écusson ne portera plus que l'image de mon fidèle cheval. Et puisque vous m'avez repoussé, je ne veux plus m'appeler que *le Renié* (1). »

(1) Zaprzaniec.

LA CAPTIVE DE CHLOTHER

I

LA BATAILLE

Le soleil s'était levé radieux sur les champs de la Thuringe.

Dans une vaste plaine, bornée d'un côté par les eaux de l'Unstrudt, de l'autre par une forêt sombre et presque impénétrable, deux armées de même origine et parlant le même idiome étaient en présence. Ici, les Ripuaires, les Saliens, les Alamans et les Franks d'outre-Rhin, conduits par Chlother I", roi de Soissons, le fils du grand Chlodowig, et son frère Téoderik, roi d'Austrasie; là, les Thuringiens, ayant à leur tête Hermenefrid, ce farouche ambitieux qui, une année auparavant, avec le secours des Austrasiens, qu'il avait trompés, s'était défait de ses frères Gunter et Baderick.

Les rois franks avaient promis à leurs troupes les

riches dépouilles de la Thuringe, sur laquelle ils
voulaient fonder à jamais leur domination. Dans les
deux camps une égale ardeur animait les esprits.
Les lèques agitaient la francisque redoutable, cette
hache à double tranchant; la framée, dont le fer
fraîchement aiguisé étincelait d'un feu sinistre; la
calaie, massue dont chaque coup était mortel. Les
arcs allaient recevoir la flèche rapide, les longues
épées étaient tirées du fourreau, et l'angon ou jave-
lot à crochets était déjà brandi par des mains vigoureuses. Les soldats, conduits par leurs ducs et leurs
comtes, faisaient retentir le belliqueux *bardit* en
langue teutonique, auquel les chevaux, impatients
de sortir de leur repos, répondaient par des hen-
nissements.

Le signal est donné, une clameur immense ébranle
l'air; la lutte s'engage.

Durant trois heures, une effroyable mêlée unit
dans une étreinte de mort ces milliers d'hommes qui
étaient venus, les uns conquérir un territoire, les
autres défendre leur patrie. Les Franks tombent dans
de larges fosses recouvertes de gazon que les Thuringiens ont creusées d'avance; mais ils reconnais-
sent le piège, se rallient et, par un détour, reviennent à la charge. Les cadavres jonchent la terre et
sont foulés aux pieds; les rangs se brisent, se réfor-
ment sans cesse; la force écrase la faiblesse, mais
elle-même succombe sous des coups heureux. Pas de
trêve, de pitié; chacun frappe devant soi, nul ne
demande quartier : il faut vaincre ou périr; le sol est
inondé du sang versé à flots.

Enfin un grand cri de détresse est jeté par les guerriers de la Thuringe; à cette clameur suprême succède la fuite désordonnée. Les corps des Thuringiens obstruent le lit de l'Unstrudt et forment un pont sur lequel passent les vainqueurs.

Immédiatement après la victoire les parts furent faites. Le sort adjugea à Téoderik le souveraineté du pays; à Chlothér le butin, qui était considérable.

Le roi de Soissons, encore tout haletant du combat, venait de rentrer sous sa tente, où il buvait largement à sa victoire le vin de Gaule et l'hydromel du Nord. On faisait passer sous ses yeux satisfaits les manteaux, les armes de prix, les vases d'or, les coffres remplis d'argent, sans compter les captifs destinés à l'esclavage, et qu'on emmenait comme des troupeaux après les avoir garrottés.

Un leude parut et dit :

« Sérénissime seigneur, les deux enfants de Berther sollicitent la faveur d'être introduits près de vous.

— C'est inutile, s'écria vivement Téoderik, ils sont condamnés! Ce sont des *wargi* (1), on ne doit pas les entendre. »

Chlothér dirigea vers lui un sourire moqueur.

« Illustre frère, dit-il, n'êtes-vous pas content de notre œuvre d'aujourd'hui? Trouvez-vous qu'il y manque quelque chose? La Thuringe n'est-elle pas assez large pour que vous puissiez vous y tailler un royaume?... Laissez-moi donc voir ces pauvres pe-

_____

(1) Proscrits.

tits. N'oublions pas que nous sommes fils du clément Chlodowig. Qu'on fasse entrer ces enfants. »

Tandis que Téoderik, mécontent, saisissait un prétexte pour s'éloigner, deux créatures charmantes vinrent s'agenouiller humblement aux pieds de Chlother. C'était une jeune fille d'environ douze ans, douée d'une beauté merveilleuse, et un jeune garçon qui n'avait pas encore atteint sa dixième année. Quelque rudes que fussent les Franks, ils ne purent réprimer la pitié dont ils se sentirent saisis à l'aspect de ces êtres malheureux et inoffensifs.

« Grâce! grâce! s'écrièrent ensemble ces infortunés.

— Qui êtes-vous? » demanda Chlother.

La jeune fille prit la parole :

« Seigneur, je m'appelle Radegonde ; voici mon frère Amalafroy. Nous sommes les enfants du roi Berther. Notre père n'est plus, et nous n'avons d'espoir qu'en votre bonté. »

Chlother attacha ses regards sur cette princesse, dont les traits avaient une perfection et un charme surnaturels. Déjà intérieurement il s'adjugeait dans l'avenir cette proie incomparable. Quant à Amalafroy, à peine avait-il daigné faire attention à lui.

« Enfant, dit-il à Radegonde, rassurez-vous ; notre royale protection ne vous fera pas défaut. Vous trouverez dans notre cour un asile et les honneurs dus à votre naissance. Des maîtres habiles seront chargés d'orner votre esprit de ces sciences qui autrefois plaisaient tant aux Romains. Et peut-être un jour... »

Il n'acheva pas ; mais, pour qui connaissait Chlother, le reste de sa pensée n'était pas un secret. Le fougueux souverain, peu scrupuleux sur le nombre de ses épouses, — épouses selon la loi humaine, qui dépendait de sa volonté, mais non selon la loi de l'Église, qui n'a jamais voulu bénir qu'un seul mariage, — destinait déjà Radegonde à l'honneur d'occuper le trône.

La jeune princesse, sans comprendre ce projet, remercia le vainqueur avec l'effusion, la simplicité et l'innocence de son âge. Mais, à la suite de cette entrevue, Téoderik, furieux de la clémence de Chlother, jetait des regards de haine sur Amalafroy, qu'il considérait comme un futur compétiteur.

Voilà sous quels auspices la noble fille de Thuringe fut amenée au pays des Franks.

II

LA SERVANTE DES PAUVRES

Lorsque le temps fut arrivé, le maître épousa sa captive, à qui il avait fait donner une éducation complète dans le domaine d'Athie, en Vermandois.

Chlother voulut déployer en cette circonstance, aux yeux de sa cour, tout le luxe dont les Romains avaient laissé la tradition dans les Gaules. Il était entouré de sa maison, composée de douze évêques, d'*optimates*, de ducs, de comtes, de *graphions*, de référendaires, de sénéchaux et d'un nombre considérable de *rachinbourgs*, — c'étaient les hommes libres, — et d'*arrimans*, — c'étaient les maîtres d'esclaves, qui, sous la dépendance d'un comte, formaient, réunis en certain nombre, une communauté.

Le roi portait un riche manteau qui descendait très-bas et se soulevait sur le bras gauche; deux tuniques distinctes, l'une ornée de broderies d'or et atteignant le genou, l'autre couvrant les pieds. Ses cheveux tressés pendaient en avant, et sa couronne était surmontée de trèfles.

Radegonde était admirable à voir, avec son voile ondulant sur les bras, avec sa tunique de soie serrée au milieu du corps par une pièce d'étoffe de couleur éclatante, et son manteau de lin retenu sur la poitrine par une laçure de fils d'argent. Un collier enrichi de pierres et de pierreries courait à double rang autour de son cou, d'une blancheur éblouissante.

Au moment où le cortége sortait de l'église, salué par les acclamations de la foule, une troupe peu nombreuse apparut, venant à l'encontre de cette brillante cour. En tête marchait une femme âgée, dont le visage vénérable offrait encore les traces d'une beauté majestueuse. Son costume était celui des veuves; un grand voile l'enveloppait, retombant sur la croupe de sa haquenée. Ses serviteurs l'aidèrent à mettre pied à terre. Elle se dirigea lentement vers Radegonde, qui, sans la connaître, attachait sur elle des regards pleins d'admiration, de sympathie, de vénération.

Cependant des voix respectueuses disaient :

« C'est la reine Chlotilde ! »

Et à peine ce nom avait-il été prononcé, que les vassaux, pénétrés du souvenir des bienfaits dont l'épouse de Chlodowig avait comblé leurs pères, s'agenouillaient avec empressement, tandis que les leudes eux-mêmes, malgré leur rudesse habituelle, courbaient devant elle leurs fronts de Sicambres.

La reine douairière prit les mains de la jeune fille et la contempla longtemps en silence, d'un air attendri, interrogeant ses traits angéliques, le rayon pur de ses yeux, et devançant les années par la pensée, comme pour se demander quel serait l'avenir de cette plante délicate jetée dans une terre sauvage.

Radegonde voulut s'agenouiller aussi. Mais Chlotilde, la retenant, ouvrit ses bras, où la pieuse fille de Thuringe se précipita tout émue. Alors celle qui avait commandé au pays des Franks dit à la reine du jour :

« O ma fille ! sur le bruit de tes vertus j'ai quitté la retraite où je me complais, en l'absence de tout ce que j'ai aimé. Jamais les vivants ne m'eussent revue ; mais toi, je voulais te voir, je voulais m'assurer si l'on ne m'avait pas exagéré ton éloge. Il a suffi d'un instant pour me convaincre de la vérité. Radegonde, je salue l'aurore de ton pouvoir, de ta splendeur ; mais je salue aussi le jour où tu chercheras l'ombre, l'humilité, le calme : car tel est le besoin

des âmes timides, qu'effarouche le bruit du monde.
Tu ne tarderas peut-être pas à éprouver de quel poids
est une couronne, à apprendre que nulle puissance
ne garantit de la tempête et de la foudre. J'ai été
maîtresse d'un empire : le glorieux Chlodowig entendait volontiers mes conseils ; et cependant je n'ai pu
sauver mes petits-fils, immolés dans mes bras ! Il
n'y a de véritable grandeur que celle de Dieu. Ainsi
parlait ma sainte amie Geneviève, qui aujourd'hui
jouit pleinement de la félicité céleste. Et moi, au
nom de Geneviève, je te recommande, ô ma fille !
de ne pas t'abandonner à l'ivresse des joies d'une vie
périssable. »

Cela dit, Chlotilde embrassa de nouveau Radegonde ; puis elle s'éloigna au milieu des acclamations
de la foule.

Il y eut de grandes réjouissances à la cour du roi
barbare, où les festins et les danses guerrières suc-
cédèrent aux solennités religieuses. Le jeu, avec ses
querelles et son faste orgueilleux, retint durant plusieurs jours les antrustions, les leudes autour des
tables de dés, où ils risquaient les dépouilles des
nations vaincues. C'était fête partout, et partout on
célébrait la magnificence et la générosité du sérénissime Chlother.

Seule la jeune reine semblait étrangère à ce mouvement et à cette joie.

« O mes amies ! disait-elle aux femmes pieuses
dont elle avait eu soin de s'entourer pendant son
long séjour dans la villa d'Athie, ô mes tendres et
chères amies ! vous qui avez reçu toutes mes confi-

dences, vous qui m'avez vue grandir, vous qui avez
entendu mes plaintes, mes murmures, avant que
mon caractère trop fier se fût plié à l'idée de la cap-
tivité; vous qui m'avez initiée à la vie chrétienne,
et, en me révélant ses consolations, avez si souvent
confondu vos larmes avec les miennes, conservez-
moi votre tendre souvenir! Il faut maintenant que
je suive le roi frank. Priez pour Radegonde, reine
contre sa volonté, reine sur la terre, elle qui
se considère comme la dernière des servantes du
Ciel! »

Et, de son côté, Chlother disait, dans la vivacité
de sa tendresse :

Pour ton *morgengab* (1), ô ma jeune reine! je
te donne toutes les terres du fisc qu'il te plaira de
choisir. »

Radegonde accepta la maison royale d'Athie pour
la transformer en un véritable hospice, où elle se
promettait de remplir l'office d'infirmière.

Ce fut à Soissons qu'elle dut se résigner à vivre,
s'efforçant, dès le principe, de se soustraire le plus
possible aux pompes de ce monde. Liée à un roi
homme sans se séparer du roi Dieu, et en réalité
bien plus unie à son Maître éternel qu'à son maître
temporel, toutes ses pensées, tous ses vœux, toutes
les aspirations de son âme tendre et éprouvée se
portaient invinciblement vers la foi et les pratiques
pieuses.

L'aumône était pour elle un devoir et une occu-

_____

(1) Présent de noce.

pation constante : des sommes que son rang faisait
nécessairement mettre à sa disposition, elle retirait
toujours la dîme des malheureux. Elle allait de monastère en monastère, semant partout ses dons, auxquels les ermites eux-mêmes ne pouvaient se soustraire. Jamais voix suppliante ne retentit en vain à
ses oreilles. Plus d'une fois il lui arriva de distribuer
ses vêtements, ne souhaitant de se couvrir que de
l'humble robe des épouses du Christ, et croyant
d'ailleurs que ce qui n'était point donné aux pauvres
était perdu.

Dans sa maison des champs, elle avait réuni un
certain nombre de femmes indigentes, d'hommes
malades : aux uns elle lavait les pieds, des autres
elle pansait les plaies; elle allait jusqu'à préparer
elle-même les breuvages et la nourriture destinés à
réparer leurs forces. Quant à son propre repas, des
fèves ou des lentilles lui suffisaient. Ainsi « cette
femme dévouée, reine par sa naissance, reine par
son mariage, s'était, dans le palais même où elle
était maîtresse, constituée la servante des pauvres ».

Ce n'était pas assez pour Radegonde de leur pro-
diguer ses soins, elle voulait encore veiller à leurs
funérailles; et souvent la reine des Franks suivit à
pied le cercueil d'une humble serve qu'elle avait
ensevelie de ses royales mains.

Était-elle forcée de s'asseoir à la table de son
époux, elle cherchait quelque moyen de se lever, de
sortir sans attirer l'attention sur elle, pour aller voir
comment ses chers pauvres avaient été nourris. La
nuit, elle guettait le moment où le poids du sommeil

enchaînait les sens du roi : alors elle quittait doucement le lit, se couvrait à la hâte, puis courait à
son oratoire s'agenouiller devant Dieu... Et dans sa
longue et fervente prière elle ne s'apercevait pas du
froid qui engourdissait ses membres ; ou si par hasard elle finissait par le sentir, elle le souffrait avec
joie pour le Christ.

« Quelle femme! s'écriait Chlother avec une humeur au fond mêlée d'estime. Ce n'est pas une reine,
c'est une nonne que j'ai épousée! »

Cependant ce roi violent, qui s'irrite de l'exercice
immodéré, selon lui, des vertus, ne résistera point
à la voix de cette sainte toutes les fois qu'elle implo-
rera une grâce. Un criminel est-il condamné à subir
la peine capitale, Radegonde s'émeut; elle trouve
moyen de faire retarder l'exécution : elle prie, elle
met en mouvement les serviteurs les plus fidèles,
ceux dont la voix a le plus d'autorité sur le roi, jusqu'à ce qu'enfin Chlother fasse grâce et prononce
des paroles de clémence de la voix même qui avait
prononcé l'arrêt de mort.

Radegonde se trouvait à Péronne. Après le repas
du milieu du jour elle se promenait dans le jardin,
lorsqu'en passant le long d'un bâtiment elle entendit
des voix lamentables qui semblaient sortir de terre.
Des figures hâves apparurent derrière d'épais barreaux de fer, en même temps que cette supplication
retentissait :

« O sainte reine! pour l'amour de Notre-Seigneur,
prenez en pitié nos souffrances.

—Quels sont ces malheureux? demanda Radegonde : des prisonniers, sans doute?...

—Non, Madame, s'empressa de répondre un
scabin (1) qui avait des ordres secrets du roi pour
maintenir ces condamnés dans les fers; ce sont des
indigents... Ils sollicitent une aumône.

—S'il en est ainsi, reprit la reine, qu'on ne les
laisse manquer de rien. Ce soir, je n'oublierai pas de
prier pour eux. »

Le soir vint. La reine était courbée au pied de
l'autel : soudain elle entend des pas résonner sur le
pavé de la chapelle, et des voix humbles dire avec
l'accent de la reconnaissance et du respect :

« Oh! soyez bénie, Madame! c'est votre prière
qui nous a rendu la liberté!

—Eh quoi! dit Radegonde se tournant avec émotion vers ces hommes, m'a-t-on trompée? Étiez-vous
réellement des captifs?...

—Oui, Madame, répondit l'un d'eux, des captifs, des waraigues voués d'avance au supplice. Moi,
j'ai violé un tombeau... C'est le plus grand de tous
les crimes aux yeux de la loi salique : demain je devais être pendu. Mon compagnon a tué un patrice
romain; il n'a pu payer l'amende de deux cents sols
d'or. Celui-ci est un esclave qui a osé frapper un tri-
bun militaire : le *malhum* l'avait condamné à recevoir
cent cinquante coups de fouet. Nous étions repen-
tants et résignés. A chaque instant nous attendions
la mort. Voilà qu'une lumière éclatante a dissipé les

(1) Homme de loi.

ténèbres de notre cachot; voilà que les portes, closes par de si lourds verrous, se sont ouvertes d'elles-mêmes. Rien ne s'opposait à notre départ. Nous sommes donc sortis en vous attribuant, Madame, le miracle de notre délivrance.

— N'attribuez aucun miracle à une femme, à une créature pécheresse. Rapportez votre salut à la seule miséricorde de Dieu. Oui, Dieu a daigné étendre sa main sur vous : reconnaissez sa bonté par une vie exemplaire, et ne considérez l'existence qu'il vous a laissée que comme un temps précieux dont vous devez profiter pour réparer vos fautes et désarmer la colère de notre souverain juge.

Le lendemain, Chlother disait en riant à sa pieuse compagne :

« Vous avez un art merveilleux pour ouvrir nos prisons d'État. Quelles serrures pourrons-nous mettre aux portes, et quels gardes aposter, si vous réussissez à délivrer nos captifs sans qu'on sache par quel moyen? »

Radegonde rougit extrêmement, comme si elle eût commis une faute, et elle se contenta de répondre:

« C'est Dieu qui a voulu cela; que sa volonté soit bénie!

— Allons, reprit le roi, je n'insisterai point, car je vous vois rouge de confusion, et je sais que la modeste Radegonde met autant de soin à se dérober aux regards que les autres femmes en mettent à les rechercher. Seulement je dois vous prévenir qu'aujourd'hui même j'attends mes frères Téoderik et

Hildebert, et que par conséquent vous devrez, pour leur faire honneur, revêtir des habits royaux.

— Eh quoi! Seigneur...

— C'est nécessaire! »

En disant ces mots, Chlother fit comprendre, par l'inflexion de sa voix, qu'il n'y avait pas de réplique possible. Il sortit, et monta à cheval pour aller au-devant de ses frères.

Radegonde le suivit de loin. Des dames du palais et un petit nombre de leudes et de soldats l'escortaient. Elle se laissait aller au gré de sa haquenée, et, sous sa couronne d'or massif et son voile éclatant de broderie, elle priait.

Un petit bâtiment qu'elle n'avait jamais aperçu attira son attention.

« Qu'est-ce que cela? » dit-elle.

Il lui fut répondu :

« C'est un sanctuaire cher à quelques Franks et consacré aux anciennes divinités de la Germanie.

— Comment! s'écria la reine avec indignation, le baptême de Chlodowig n'a-t-il pas régénéré toute la race des Franks! Se peut-il que sur cette terre arrosée du sang de tant de martyrs il se trouve encore des païens !... Qu'on allume des flambeaux et qu'on mette le feu à ce repaire du démon! »

A la nouvelle des ordres de la reine, toute la contrée s'émeut. Les idolâtres accourent furieux ; ils brandissent des haches, des massues, des épieux ; serrés autour de leur sanctuaire, ils s'apprêtent à le défendre. Mais Radegonde ne s'effraie ni de ce tumulte ni de ce bruit d'armes : elle pousse vivement

son cheval jusqu'au groupe, l'arrête et le tient im-
mobile.

« Regardez-moi, dit-elle; je suis l'épouse de Chlother, et vous devez m'obéir, surtout quand je parle
au nom du Ciel. Je resterai dans cette position jusqu'à ce que mes ordres aient été exécutés. »

Cette fermeté, cette physionomie inspirée, imposent respect à la foule tout à l'heure menaçante :
là où dans les regards brillait l'éclair de la fureur,
où des voix jetaient le blasphème, on n'apercevait
plus que des fronts courbés, on n'entendait plus que
des paroles de soumission. La flamme est allumée ;
bientôt elle entoure le temple des faux dieux, qui
disparaît dans une immense colonne de fumée.

Alors Radegonde rend le mouvement à son cheval;
elle part, laissant après elle une vive et sincère
admiration.

Seule, la reine attachait peu de prix à cette action : car jamais elle n'était rassurée sur son salut
éternel; et en se voyant parée de vêtements splen-
dides, elle éprouvait une profonde souffrance, re-
portant sa pensée sur l'humble condition où avait
vécu le Sauveur. Vainement elle avait fait de sa
royauté une épreuve continuelle, un champ de mor-
tifications, une série non interrompue de dévoue-
ments; vainement elle avait recherché toutes les
macérations, passé au pied des autels tout le temps
que n'exigeaient pas des devoirs impérieux, secouru
toutes les misères, pansé toutes les plaies, essuyé
toutes les larmes et répandu largement l'aumône sur
les asiles de la prière, de l'étude et de la contem-

plation. Ce n'était pas assez pour elle, et peut-être
aussi n'était-ce pas assez pour Dieu. Une grande
et cruelle épreuve, en la frappant soudain, allait
ajouter à son dégoût pour la cour, pour le monde,
et donner une force irrésistible à son besoin de retraite.

III

LA JUSTICE DES ROIS FRANKS

Les trois rois de Soissons, de France ou Neustrie,
et d'Austrasie, sont réunis en conseil secret dans
une des salles les plus reculées du palais de Chlother. Quel est le sujet de la délibération? Personne
ne le sait; mais chacun s'inquiète et attend avec une
certaine anxiété. S'agit-il d'une guerre à entrepren-
dre, de conquêtes à faire? Faut-il fournir un aliment
nouveau à l'ardeur de ces Franks qui portent jusque dans les plaisirs la violence de leur caractère
originaire?

Un ordre a été donné : des pas d'hommes armés
se font entendre; une porte latérale s'ouvre, et un
bel adolescent aux longs cheveux blonds serrés par
un cercle d'or paraît devant les rois mérovingiens.
Sa contenance est ferme, sa taille élevée, son visage

empreint de dignité. A la vue des souverains il sourit avec confiance; car depuis son enfance il s'est accoutumé à les considérer comme des protecteurs et des amis.

Mais, contre l'habitude, il ne reçoit d'eux qu'un accueil froid et contraint. Malgré l'imprévoyance de son âge, il s'étonne, il se trouble. D'un regard rapide il embrasse le cercle devant lequel il se trouve: nulle sympathie ne vient s'écrire sur les visages, et ce sont, au contraire, des menaces et des dangers qu'il croit y lire.

« Amalafroy, dit Chlothèr, quel emploi faites-vous de votre temps?

— Seigneur, répondit le jeune prince de Thuringe, nul mieux que votre auguste Sérénité ne sait à quelles occupations je me suis consacré depuis que le Ciel m'a fait vivre à la cour du roi de Soissons.

— Oui, en apparence du moins. Vous montez à cheval, vous vous exercez à manier les armes. Mais, parlez franchement, avez-vous quelques rapports avec les leudes thuringiens? »

Amalafroy pâlit.. Cette question lui révélait un piége terrible. Cependant, comme avant tout il obéissait aux lois de sa conscience et de sa dignité, il n'hésita point à dire, — dût cet aveu le perdre:

« Jamais, ô mon noble protecteur! jamais je ne déguiserai la vérité, quelque grave que puisse être pour moi la réponse qu'on me demande. Oui, j'ai des rapports avec d'anciens serviteurs de mon père. Ils ont reporté sur moi l'attachement qu'ils eurent pour l'infortuné Berther.

2*

— Vous l'entendez, mon frère, dit Téoderik, les leudes de Thuringe nourrissent l'espoir de rendre l'indépendance à leur patrie, de nous arracher notre conquête et de poser la couronne sur la tête du descendant de leurs anciens souverains !

— Oh! de grâce, s'écria le jeune prince avec un accent d'angoisse, ne vous abandonnez pas à de pareils soupçons. Aucun de ceux que vous accusez ne m'a jamais exprimé cette pensée, qui d'abord eût été folle : car comment songer qu'une province démembrée, ruinée, puisse se relever et se soustraire à la domination des Franks! Cette pensée, en outre, eût été coupable. Après la défaite des Thuringiens, j'étais condamné, perdu d'avance, si le très-illustre roi Chlother n'eût daigné avoir pitié de mon extrême jeunesse. Il me fit élever à sa cour, dans un rang digne de mes aïeux; il me permit d'oublier la mauvaise fortune de ma famille; enfin il me combla de l'honneur le plus enviable en épousant ma sœur, ma chère Radegonde, une captive. Et pour prix de ces bienfaits, j'aurai conspiré contre mon bienfaiteur!... Non, cela n'est pas, cela n'a jamais été! »

Téoderik et Hildebert, loin d'être touchés par des raisons si plausibles, avaient peine à contenir leur colère. Plus le jeune prince conservait de noblesse dans son maintien et plus étaient frappantes les apparences de son innocence, plus les rois d'Austrasie et de Neustrie sentaient croître leur fureur sauvage et leur soif de sang.

« J'ignore, dit Hildebert en fermant son poing ganté de fer, j'ignore si mon frère de Soissons et

mon frère d'Austrasie n'ont qu'à s'applaudir de vos
témoignages de reconnaissance; mais je sais que la
Thuringe s'agite, que votre nom est un danger pour
nous, et je suis sûr que vous avez menti. »

— Moi! s'écria Amalafroy enflammé d'indignation
et oubliant toute prudence en recevant cet outrage,
moi, mentir!... Tuez-moi, si ma vie vous gêne, mais
ne m'accusez pas de mensonge!

— Il nous brave! dit à son tour Téoderik, il nous
menace! Mes frères, qu'avez-vous résolu au sujet de
ce rebelle? »

Le sombre Chlother échangea un regard avec Téoderik et Hildebert, puis il fit un signe aux soldats.

Amalafroy comprit que pour lui tout était fini.

« Rois des Franks, dit-il, vos cœurs sont impi-
toyables. Vous me condamnez, bien que je ne vous
aie jamais offensés. Mais ce crime pèsera dans la
balance céleste. Je vous appelle devant Dieu!... »

On l'entraîna. La lourde porte s'était à peine re-
fermée sur lui, que dix épées exécutaient à l'envi
la sentence des trois souverains.

IV

LA MEILLEURE COURONNE

Dépeindre la douleur dont Radegonde fut accablée
à la nouvelle de ce meurtre serait impossible. Elle

avait si tendrement aimé ce frère que l'on venait de frapper ainsi avec une cruauté froide et implacable! ce frère pour qui elle était une mère plutôt qu'une sœur!... Pauvre Amalafroy..., c'en était donc fait!...

« O mon frère! mon frère! » s'écriait de temps en temps Radegonde.

Puis elle penchait sa tête sur sa poitrine, laissait s'échapper les larmes de ses yeux, et s'abandonnait aux plus douloureuses réflexions. C'était à peine cependant si sa bouche trahissait par quelques paroles entrecoupées les pensées amères que cet événement lui inspirait. Se plaindre, plaindre aussi trop vivement une victime bien chère condamnée par les hommes, mais que Dieu avait sans doute accueillie dans sa miséricorde, c'eût été se rendre coupable de murmure; or jamais Radegonde, — même à ces heures où l'on est tenté de s'écrier : « Mon Père, faites que ce calice s'éloigne de moi! » — jamais Radegonde n'avait murmuré.

En y songeant sans relâche, elle en vint à se dire qu'elle devait offrir à Dieu, comme un sacrifice bien pénible, mais aussi bien méritoire, le sang de ce frère chéri, qui resterait séparé d'elle dans le temps, mais non dans l'éternité. Elle se dit encore que le courage résigné, le sacrifice généreux d'Amalafroy, quittant sans se plaindre les espérances de la jeunesse, lui avaient été comptés là-haut. Ses malheurs faisaient aujourd'hui sa gloire; car il faut qu'il tombe péniblement sur la terre, celui qui va se relever aux cieux.

Elle se dit enfin qu'il y avait dans la mort du jeune

prince moins un supplice qu'une délivrance, et qu'il n'était pas surprenant que cet arrêt impitoyable eût été porté contre le fils d'un ancien ennemi, lorsqu'un autre meurtre, — plus horrible peut-être, puisqu'il avait eu pour auteurs les oncles mêmes des victimes, — avait pu atteindre les enfants de Chlodomir, malgré les supplications de la vénérable et sainte Chlotilde.

Radegonde vit dans cet événement l'ordre que depuis six ans elle attendait du Ciel, — l'ordre de quitter le monde, d'abjurer ces richesses, ces dignités que les hommes considèrent comme le souverain bien, d'aller chercher le repos dans cette retraite qu'elle avait toujours appelée de ses vœux les plus ardents. Déjà révoltée à la vue des désordres de la cour, des unions illicites que le roi contractait à son gré, elle avait entretenu Chlother de son vif désir d'embrasser la vie monastique.

Chlother y consentit enfin.

Quelques jours à peine s'étaient écoulés, lorsqu'une femme couverte de vêtements royaux, admirable de beauté, illuminée de rayons angéliques, entra dans l'église où officiait saint Médard, l'évêque de Tournay et Noyon, le successeur de saint Éleuther. Elle tomba aux pieds du vénérable prélat en s'écriant :

« Mon père, prenez-moi en miséricorde! Je veux fuir le monde et ses agitations, je veux déposer à la porte d'un cloître ces ornements qui me pèsent. Donnez-moi la vêture et la bénédiction. »

L'évêque fut d'abord étonné de cette demande;

mais lorsqu'il eut appris que Chlother avait autorisé son épouse à entrer dans la vie religieuse, il donna le voile à la pieuse reine, et les assistants ne purent se défendre d'un sentiment unanime d'attendrissement et d'admiration.

Mais quelle était la joie de Radegonde! Enfin elle était libre des liens terrestres, enfin elle pouvait se consacrer tout entière à son Dieu, se vouer au service des pauvres, des souffrants, des infirmes, se renfermer dans l'accomplissement des pratiques et des labeurs de la charité!

Son premier soin fut de partager son bien entre les indigents et les églises. Comme pour compléter sa rupture avec le passé, elle voulut de ses mains mettre en pièces ses ceintures d'or, sa couronne, ses bracelets, et donner tous ces débris précieux à ceux qui manquaient de pain. Sa libéralité n'oublia aucun sanctuaire, et encore moins le tombeau de saint Martin, où elle répandit autant de larmes que de présents, et sous la sauvegarde duquel elle s'était placée.

Mais tandis qu'elle préludait ainsi à sa vie de sainteté, elle sut que le roi commençait à déplorer son absence, à faire entendre des plaintes, des murmures, en un mot, qu'il se repentait de lui avoir tant accordé; et elle s'inquiétait et s'affligeait, quand elle reçut d'un pieux ermite, nommé Jean, cet avis précieux : « Ma sœur, ne craignez rien. A votre intention j'ai passé la nuit dernière en oraison. Dieu a daigné m'apprendre que les efforts du roi pour vous reprendre seront inutiles. » En même temps

le cénobite lui envoya un cilice, emblème des austérités auxquelles désormais elle devait s'habituer.

Rassurée par ce message, Radegonde se rendit
du domaine de Laix, en Touraine, où elle s'était
réfugiée, à Poitiers, près du tombeau de saint
Hilaire.

Là, sur l'ordre exprès du roi, l'évêque Pientius
et le duc Ostrapius lui firent élever un monastère
dont la vaste enceinte renfermait une belle église,
des cloîtres, des salles destinées au travail et des
jardins.

Dès que la retraite fut prête, la nouvelle recluse
s'entoura de jeunes vierges heureuses de quitter le
monde pour Dieu et avec elle.

Toutes les religieuses qui s'étaient réunies à la
voix de la reine et s'étaient engagées à vivre selon
la règle de saint Césaire, évêque d'Arles, ayant été
appelées dans la salle du chapitre, Radegonde leur
dit :

« Mes filles, mettons-nous en oraison. »

Puis :

« Mes filles, demandez pour moi à l'Esprit-Saint
ses ineffables lumières. »

Et enfin elle ajouta :

« Tout troupeau a besoin d'un berger. Je vais
désigner celle d'entre vous à qui sera commise la
direction des autres. Approche, Agnès.

— Moi, ma mère?... murmura Agnès confuse et
tremblante.

— Oui, ma mie. Ce n'est pas d'aujourd'hui que je
t'aime. J'ai élevé ton enfance, j'ai cultivé ton intel-

ligence, formé ton cœur et ta raison. Comme une
plante délicate qui a été l'objet d'une culture assidue
paie en couleurs brillantes et en parfums exquis la
prévoyante sollicitude du jardinier, ainsi, mon
Agnès, tu as donné à mon amour la plus douce
récompense qu'il pût ambitionner. Et parce que je
t'ai nourrie dans la crainte du Seigneur, dans la
simplicité et la modestie, parce que je t'ai instruite
à obéir, je te juge digne de commander. A toi donc
la direction du monastère que j'ai réussi à ériger,
à toi le pouvoir, ô ma fille! De ce jour tu es notre
abbesse, et j'offre l'exemple de la soumission envers
toi.

— Que faites-vous, ma mère! » s'écria Agnès.

Mais Radegonde s'était agenouillée, et toute la
communauté avait imité cette marque de respect,
tandis qu'Agnès, hors d'état de prononcer un mot
de plus, ne pouvait comprendre comment elle
devenait la supérieure de celle qui avait été non-
seulement sa reine, mais sa protectrice, sa seconde
mère.

Ainsi Radegonde assurait à la fois l'avenir de sa
communauté et son propre repos dans le monde, ne
voulant pas plus régner dans un cloître qu'à la cour
de Chlother. Son but était atteint : vivre ignorée,
mourir obscure, sous le regard de Dieu.

V

LE POETE FORTUNAT

C'est en 554 que Radegonde a pris le voile. Plusieurs années ont passé comme un jour.

Subissant à son insu l'influence du temps, l'ancienne épouse de Chlother a réussi à oublier qu'elle dut autrefois supporter le poids d'une couronne. Mais, hors elle, personne n'en a perdu le souvenir. La dignité du caractère et de la physionomie, quand elle est innée, survit à l'élévation du rang et à l'exercice du pouvoir.

Si Radegonde s'imposait dans son couvent les œuvres les plus humbles et descendait volontairement aux détails les plus pénibles, se croyant faite *pour servir et non pour être servie*, l'ascendant de son ancien rang, de ses vertus, de son mérite n'en pouvait être affaibli. Chacune de ses sœurs reconnaissait toujours dans la simple religieuse la reine des Franks.

Il était agréable à Radegonde de mener pour son propre compte une vie austère, mais en même temps d'ouvrir les portes du couvent aux hommes les plus distingués de l'époque, à des prélats, à des laïques même. Au reste, l'emploi de la journée était parfaitement réglé dans la maison. « L'étude des lettres figurait au premier rang des occupations imposées à toute la communauté ; on devait y consacrer deux heures par jour, et le reste du temps était donné aux exercices religieux, à la lecture des livres saints et à des ouvrages de femme. Une des sœurs lisait à haute voix durant le travail fait en commun, et les plus intelligentes, au lieu de filer ou de broder, s'occupaient dans une autre salle à transcrire des livres pour en multiplier les copies (1). » Ainsi, à une époque d'ignorance et de ténèbres, quelques saintes filles comprenaient le trésor de la science, de l'éloquence, de la poésie ; et peut-être leur doit-on la conservation de plus d'un chef-d'œuvre.

Parmi les personnages qui se faisaient honneur d'être admis dans la précieuse intimité de Radegonde et d'Agnès, il faut surtout citer Venantius Fortunatus, le poète italien, l'auteur immortel du *Vexilla Regis ;* Fortunatus, le dernier chantre latin, écho affaibli, mais encore harmonieux, d'une langue et d'une littérature qui allaient s'éteignant de plus en plus dans les ténèbres du VIᵉ siècle. La réputation de son savoir, acquis dans les écoles de Ravenne, des vers charmants qu'il avait semés partout en France, a grâce de sa conversation, la vivacité de ses images, la douceur de ses manières et la pureté de sa vie, tout en lui était de nature à lui concilier l'estime et l'affection de Radegonde. Il devint son ami, son poète, son commensal ; Radegonde était sa *mère,* et Agnès sa *sœur.*

(1) Augustin Thierry.

« Quand je pense, s'écria-t-il un jour, que j'étais
venu en ce pays d'abord pour honorer le tombeau de
saint Martin, à l'intercession duquel je suis rede-
vable de la guérison de mes yeux ; puis, ô ma mère !
que, vous ayant vue, j'ai fait de mon voyage un
séjour perpétuel, et de cette contrée étrangère ma
patrie définitive..., j'ignore si je rêve !

— Non, dit Radegonde en souriant, non, mon
fils, vous ne rêvez pas. Vos vers et votre prose illus-
treront votre patrie nouvelle.

— Cependant, dit Agnès, vous devez au fond du
cœur nous dédaigner, nous autres barbares, filles
des Franks aux longs cheveux.

— Dieu me garde d'être aussi injuste ! s'écria le
poëte. Et quand bien même cette fausse opinion ne
serait pas détruite ici par la vue de *domna* Radegonde et de ma sœur Agnès, n'ai-je pas bien des
souvenirs qui combattraient une telle erreur ? Écoutez seulement ces vers que j'ai écrits en l'honneur de
Viltura, dame de la nation des Franks : « Elle était
née dans la ville de Paris, de sang noble ; issue de
parents *barbares*, elle avait toutes les inclinations
d'une Romain. »

— C'est un noble hommage, dit avec cordialité
Radegonde. Mais puisque nous parlons franchement, avouez-le-moi, ne trouvez-vous pas quelquefois mon amitié et ma confiance un peu impor-
tunes ? Je vous occupe beaucoup, mon cher fils, et
je ne me fais faute de vous donner sans cesse des
messages.

— Je ne m'en plains certainement pas, reprit

Fortunatus. Grâce à ces messages dont vous honorez mon dévouement, j'ai pu connaître les plus saints hommes et les plus éminents caractères de ce temps : Germain de Paris, Nicet et Magneric de Trèves, Ageric de Verdun, Félix de Nantes, Willicus de Metz, Syagre d'Autun, et tant d'autres auxquels je donne place dans mes vers, comme mes aïeux les Romains se plaisaient à ranger en galerie les images des personnages célèbres.

— Hélas! dit Radegonde, ne vous étonnez pas, mon cher fils, de l'activité que je vous impose : elle naît de celle de mon esprit, trop préoccupé du passé pour pouvoir jamais demeurer tranquille. J'ai besoin de me plonger le plus possible dans le sein de Dieu, afin de ne point me souvenir de mes pères, de ma patrie! J'ai pleuré mes parents morts, et il faut aussi que je pleure ceux qui sont restés en vie. Quand mes larmes cessent de couler, quand mes soupirs se taisent, mon chagrin ne se tait pas. Lorsque le vent murmure, j'écoute s'il m'apporte quelque nouvelle; mais, hélas! il n'arrive pas de nouvelles des régions mystérieuses d'où je voudrais en avoir! Tout un monde me sépare de ceux que j'aime le plus. En quels lieux sont-ils? Je le demande au vent qui siffle, je le demande aux nuages qui passent... Je voudrais que quelque oiseau vînt murmurer à mon oreille un secret que personne ne me dit et que j'attends toujours.

— Votre activité, repartit Fortunatus, est une suite de mérites aux yeux de Dieu; car elle multiplie vos bonnes œuvres. Quant à ces souvenirs du passé, ne les éloignez pas. S'ils ont leur tristesse, ils ont aussi leur douceur, et, si vous le permettez, je leur consacrerai un poëme.

— Si je le permets ! s'écria Radegonde. Oh! je vous le demande ! Pour un jour, rendez-moi ma Thuringe ! »

Fortunatus se mit à l'œuvre. A quelque temps de là, il apportait aux deux recluses ses beaux vers sur la ruine de la nation thuringienne. En les entendant, Radegonde, qui avait jusque-là comprimé son émotion, jeta ce cri de désespoir :

« O mon frère!... mon bien-aimé Amalafroy! »

Puis deux ruisseaux de larmes descendirent le long de ses joues amaigries.

Fortunatus, qui n'avait pas assez prévu l'effet terrible de son élégie, s'arrêta décontenancé, regrettant certes moins de ne pouvoir poursuivre la lecture d'un poëme si beau, que d'avoir causé une si grande affliction à la vertueuse princesse de Thuringe. Il était resté muet en présence d'une douleur si profonde, lui qui avait espéré y appliquer un baume par la peinture de malheurs bien grands, il est vrai, mais éloignés, et que l'âme chrétienne de Radegonde avait courageusement supportés.

Cependant Agnès comprenait qu'il fallait laisser cette douleur ravivée suivre son cours, sans chercher à la combattre ni à l'abréger. Lorsqu'elle jugea la crise à peu près terminée, elle montra du doigt à Radegonde le grand crucifix suspendu à la muraille, image perpétuelle du dévouement et de la résignation, du supplice infâme et de la gloire éternelle.

Ce geste n'avait été accompagné d'aucune parole, cependant Radegonde le comprit. Aussitôt rendue à son angélique sérénité, non-seulement elle se calma en appliquant sa vue, sa pensée et son amour aux plaies ineffables du céleste Époux, mais encore elle eut regret d'avoir pu verser tant de larmes pour des événements humains, elle qui, en abdiquant les grandeurs du monde, avait dû en répudier les misérables agitations. Elle ouvrit ses bras à Agnès, et ces deux nobles cœurs s'unirent dans une mutuelle étreinte.

Le poëte s'était levé pour se retirer. Radegonde dirigea vers lui un regard rempli de bienveillance.

« Mon fils, dit-elle, vous reviendrez, j'espère, aujourd'hui. Nous vous tiendrons prêt un petit repas comme vous les aimez avec vos goûts italiens. Si notre règle nous défend de nous mettre à table avec vous et de modifier jamais notre régime sévère, du moins est-ce un plaisir pour nous de vous servir.

— Oh! Madame!...

— Comment, Madame?... Ne m'appelez jamais autrement que votre *mère*, de même qu'Agnès est votre *sœur* dans vos aimables poésies. Vous reviendrez à midi, n'est-ce pas?

— Ainsi, ô ma vénérable mère, vous me pardonnez l'émotion que mes vers vous ont causée?

— Si je vous la pardonne!... s'écria Radegonde avec une bonté indéfinissable. Donnez-moi vos tablettes... Redevenue calme et plus digne de moi, je lirai et relirai sans cesse cette touchante peinture, qui me rendra un moment les êtres bien-aimés que j'ai perdus. »

Fortunatus sortit, soulagé du pénible poids qui avait chargé sa conscience, et admirant plus que jamais le courage et la résignation de Radegonde.

VI

LA LUTTE. — DERNIÈRES ANNÉES

L'heure qui devait ramener Fortunatus n'avait pas encore été marquée par la clepsydre. Tout à coup il se présente au monastère; il était pâle, agité. On l'introduit.

Dans une salle basse se trouvaient Radegonde et Agnès; elles ornaient la table avec une sorte de recherche.

« Ah! vous arrivez trop tôt, dit Agnès en souriant. La surprise que nous vous ménagions ne sera point complète.

— Une surprise? répéta le poëte. En effet, je vois s'épanouir une quantité de fleurs brillantes. A peine un champ tout entier contient-il autant de roses qu'il y en a sur cette table. Mais, hélas! pourquoi faut-il que ma reconnaissance ne puisse s'exhaler qu'à travers la tristesse! Pourquoi, en revenant auprès de ma mère et de ma sœur, dois-je les affliger!

— Non, mon fils, dit doucement Radegonde, je

ne m'abandonnerai plus à la faiblesse. Parlez, parlez
ouvertement.

— Ce matin, quand j'évoquais le souvenir du
passé, vous avez versé des larmes, quoique ce ne fût
qu'une image. Maintenant c'est le présent même qui
vous menace. »

Radegonde, cette fois, leva les yeux sur le crucifix sans avoir besoin d'y être engagée par Agnès.
Fortifiée d'avance, elle dit alors :

« Avouez-moi tout, mon fils, je me suis préparée.
Quelque événement qui survienne, quelque malheur
qui puisse m'accabler, je n'aurai aucune de ces dé-
faillances qui prouvent la faiblesse de la nature humaine. Du moins y ferai-je mes efforts; car répondre
de soi, c'est de l'orgueil; trop présumer de ses forces,
c'est de la folie. Je vous écoute.

— En venant ici, ô ma noble mère! dit Fortunatus, en prenant le voile et en élevant ce monastère,
vous avez cru que vous mettiez entre vous et les
hommes une barrière infranchissable?

— Il est vrai, je l'ai espéré.

— Eh bien! si cette généreuse résolution devait
échouer au moment où rien ne semblait plus devoir
la combattre; si le lien que vous avez voulu briser
devait se renouer; si le roi Chlother...

— O Ciel!...s'écrièrent à la fois les deux religieuses
également pâles d'effroi.

— Je me hâte d'achever, car c'est doubler le sup·
plice que de faire attendre une mauvaise nouvelle.
Oui, le roi Chlother, au comble de la puissance et
de la gloire, maître de presque toute la Gaule par la

mort de ses frères, s'ennuie au sein de cette gloire, de cette puissance. Il a épuisé les plaisirs; malgré l'inconstance de ses goûts et de ses passions, c'est à vous seule qu'il est resté attaché, et sa pensée n'a cessé de se reporter sur vous avec un regret encore augmenté par l'absence. Enfin, prétextant un pèlerinage au tombeau de saint Martin, il est parti de sa capitale, et demain peut-être il sera arrivé à Tours. Vous comprenez aisément que de là il ne tardera point à venir à Poitiers. Le bruit s'en répand partout. Il est évident que Chlother veut ramener à la cour la reine dont il était jadis si fier. Que fera Radegonde pour se soustraire à ce péril?

— Ce qu'elle fera? dit Radegonde avec inspiration. En vous écoutant, ô cher fils! j'ai mesuré du regard l'étendue du danger, et je ne vois qu'un moyen de l'éviter. Il me serait plus doux de mourir que de retourner au sein d'une cour dissolue, où rien n'est respecté, où tantôt le vin coule à flots dans les repas bruyants, tantôt le sang dans les querelles et les combats de l'ambition. La résistance serait inutile : elle ne servirait qu'à irriter le roi. Un homme seul peut exercer quelque empire sur Chlother : c'est Germain, le vénérable évêque de Paris.

— Comment le prévenir?

— Par une lettre. Voulez-vous la lui porter, Fortunatus?

— Écrivez, Madame, et je pars.

— C'est bien; je n'attendais pas moins de vous. »

Une heure après cet entretien, le poëte Fortunatus Venantius était à cheval sur la route de Poitiers à

Paris : il emportait la lettre confidentielle de Radegonde.

Le trouble est dans le palais du roi frank ; sa redoutable colère fait trembler tous ceux qui l'approchent.

« Oui, disait-il, ma volonté brisera les vaines
résistances et dissipera les craintes mal fondées, les
scrupules de Radegonde. Avant d'être la reine des
Franks, elle était ma captive ; si elle l'a oublié, je
saurai le lui rappeler. A ce double titre, elle me doit
obéissance comme à son époux, comme à son maître.
Eh quoi ! j'aurai vu toutes les femmes briguer mon
choix, et une femme qui m'est légitimement unie
me bravera du fond de sa cellule !... On dit qu'elle
ne veut pas remonter sur ce trône où je l'avais fait
asseoir... On le dit, et l'on ne songe pas que des
Alpes au Rhin il n'y a qu'une voix qui ait droit de
commander : la mienne !

— Mon noble père a raison, » ajouta Sighebert,
le fils de Chlother et d'Ingonde, qui avait accompagné jusqu'à Tours le roi frank, et qui, loin de le
calmer, semblait s'étudier à exciter son courroux.

Cependant Chlother marchait à grands pas, secouant sa longue chevelure mérovingienne qui s'é-
chappait du capuchon de son manteau de voyage ou
bardocuculle, et dardant sur ses leudes effrayés les
yeux fauves d'un lion.

En présence de l'emportement du souverain, un
seul homme avait conservé le calme et l'énergie de
la bonne conscience : c'était Germain, évêque de
Paris, que le roi avait appelé, pensant que ses paroles sacerdotales auraient une puissante action sur

l'esprit de Radegonde. Germain, au lieu de se plier aux volontés de Chlother, ne prévoyait pas sans un profond chagrin la violence morale qui allait être exercée. Il présenta donc au maître ces objections :

« De grâce, que Votre Sérénité daigne m'entendre. Je ne suis qu'un pauvre vieillard, mais je porte un caractère sacré, et j'ai peut-être droit d'être écouté non-seulement comme sujet fidèle, mais comme prêtre. »

Chlother fronça les sourcils.

« Déjà, dit-il, tu ne m'as que trop prêché. Je suis las de tes discours. Que vas-tu me répéter? Que je ne puis retirer Radegonde de son monastère et lui rendre sa couronne?...

— Ce pouvoir vous l'avez, seigneur. Toute contestation à cet égard serait téméraire. Mais devez-vous ici user de votre pouvoir? La question est là, et vos sentiments de chrétien vous imposent l'obligation d'y bien réfléchir.

— J'ai suffisamment réfléchi; ma conviction est formée.

— Encore un mot...

— Le dernier, j'espère.

— Germain, dit à son tour Sighebert d'un ton qui sentait presque la menace, prenez garde d'irriter mon auguste père.

— Je ne crains que Dieu, répondit tranquillement l'évêque. Ce que j'avais à ajouter, c'est que la reine a déposé volontairement la couronne, que la lui restituer ce serait lui mettre sur la tête des liens d'épines, et qu'enfin il n'est pas permis d'enlever à Jésus-Christ une de ses épouses. »

Chlother se prit à rire étrangement.

« Radegonde, dit-il, servira mieux encore le Dieu que nous adorons tous lorsqu'elle sera revenue à sa véritable place, car elle pourra procurer le bien de mes sujets et s'occuper d'une foule de malheureux que je n'aperçois pas dans l'ombre où ils végètent. Ce n'est donc pas une idée de révolte contre le Ciel qui m'anime. Et, puisqu'il faut descendre à un aveu, tenez, Germain, je suis effrayé de mon isolement. Depuis que je suis privé de Radegonde, il me semble que j'ai perdu mon étoile; il me semble que le bonheur de mon règne s'est évanoui. Chramn, mon fils ingrat, a péri dans la lutte qu'il avait provoquée... Les Saxons m'ont vaincu, moi Chlother, moi qui n'avais jamais connu que la victoire!... Vous voyez bien que j'ai besoin de ma Radegonde, et malheur à qui s'opposerait davantage à ma volonté! »

Un silence général suivit ces paroles violentes, que le roi avait accompagnées d'un geste de sa main droite, posée sur la garde de son glaive.

Soudain des pas précipités se font entendre. Deux hommes paraissent : Euphronius, l'évêque de Tours, et Fortunatus, le dernier des poëtes italo-latins.

Euphronius s'est incliné respectueusement devant le roi. Il est grave et ferme, l'autorité de ses vertus met une auréole autour de son front. Il n'a pas encore parlé, et attend l'ordre de Chlother pour donner l'explication de sa présence.

« Qu'est-ce? demanda le roi. Cet évêque vient-il aussi me combattre? »

Autorisé par cette question à s'expliquer, Euphronius répondit :

« Si les rois de ce monde ont la puissance, les
prêtres ont la parole. Déjà, j'en suis certain, déjà
mon vénérable frère Germain a dû représenter à
Votre Sérénité ce que son action, si elle s'accom-
plissait entièrement, aurait de blâmable.

— J'avais raison, s'écria impétueusement Chlother, celui-là est l'auxiliaire de Germain !

— Mon père, c'en est assez ! dit non moins vive-
ment Sighebert ; vous avez montré trop de patience...
Les chevaux sont attelés à la basterne... Partons pour
Poitiers.

— Arrêtez ! reprit Euphronius. Je n'avais pas
achevé, mais vous m'avez compris. Dussiez-vous me
faire ôter la vie, je rappellerai un souvenir qui vous
a créé des devoirs. Vous êtes le fils du grand Chlodowig dont la piété égala le courage ; de Chlodowig, qui ne craignit pas de se déclarer le *client* des
évêques ; de Chlodowig, dont la libéralité envers
les couvents n'eut pas de bornes ; de Chlodowig, qui
protégea ouvertement Euspicius de Verdun, Epta-
dius d'Autun, Deodatus Maxent, devant qui il se
prosterna après la bataille de Vouillé ; Germanius
d'Aquitaine, à qui il donna, pour la sépulture des
morts, autant de terrain que sept paires de bœufs
pourraient en labourer en un jour ; Fridolin, l'ardent
missionnaire de la Grande-Bretagne, qu'il daigna
charger de dons pour reconstruire la basilique de
Saint-Hilaire de Poitiers...

— Tais-toi, vieillard, tais-toi, murmura Chlo-

ther, devenu pensif. Ces souvenirs sont inutiles. Et
d'ailleurs, je n'ai pas démérité de la gloire de Chlodowig. Moi aussi, j'ai fait de larges donations aux
monastères, par la sainte confarréation et par l'an-
neau, sans redevance, péage ni exaction d'aucune
sorte. J'ai toujours adoré la Trinité sainte, indivi-
sible, égale et consubstantielle, et j'ai fait écrire en
tête du pacte salique : « Vive le Christ, qui aime les
Franks ! » Tes reproches sont injustes, et ton insis-
tance serait dangereuse pour toi. N'étouffe pas le
respect que j'éprouve pour ton âge et ton nom. Va-
t'en, ou laisse-moi partir !

— Eh bien, Seigneur, prenez seulement le temps
d'entendre cette lettre.

— Une lettre?... de qui?

— De *domna* Radegonde. »

Chlother tressaillit. Il rompit le fil qui retenait le
sceau et tendit à son garde-notes la lettre ouverte,
avec ordre de la lire à haute voix. Cette missive de
supplication était conçue en ces termes :

« A mon maître et seigneur Chlother, roi des
Franks. — Salut et bénédiction en Dieu.

« Du fond de la retraite que je me suis choisie, et
où vous avez daigné m'autoriser à me plonger, ma
voix s'élève vers vous, ô mon roi, qui avez autrefois
placé à côté de vous, sur le trône de vos pères, la
captive, l'étrangère, et qui, au lieu des fers que vous
eussiez pu imposer à ses mains, avez mis une couronne sur sa tête.

« Cependant vous avez vu combien cette grandeur me pesait et combien j'étais malheureuse de ce qui ferait le bonheur de tant d'autres femmes, triste de ce qui serait un sujet d'ineffable joie pour le reste de mon sexe. Plus les honneurs humains m'entouraient, plus je ressentais d'effroi devant cette pompe, cette agitation, ce tumulte, cet éclat du monde périssable; plus on me vantait ces biens, ces titres, ce rang, cette puissance, auxquels ma naissance me donnait droit, et que votre généreuse pitié m'avait rendus, plus j'éprouvais de répugnance à les conserver, de remords même à en jouir. Combattue sans cesse par ma conscience, en butte aux reproches que je m'adressais, pleurant tant d'heures perdues pour le ciel, quand nous n'avons que le court espace d'une vie fragile pour gagner la vie éternelle, je souffrais, oh ! je souffrais cruellement.

« Voilà qu'un ange du Seigneur m'est apparu. Il m'a soulagée en m'indiquant la voie où je devais entrer et où, avant cette bienheureuse vision, je n'eusse peut-être jamais osé m'engager.

« Ai-je besoin de vous rappeler, ô puissant Chlother, que si j'ai pu songer à abandonner votre cour et à quitter votre palais, c'est que j'ai voulu obéir à l'ordre direct émané de Dieu. Quand Dieu a daigné parler, qui peut, — même parmi les rois, — refuser de lui obéir?

« J'étais dans la retraite, j'avais commencé la vie religieuse, cette préparation à la mort. Je me recueillais, je priais pour vous, pour votre peuple. Une nouvelle affligeante, inattendue, arrive jusqu'à moi et trouble le calme de mon âme et le silence de

ma cellule : vous réclamez, vous exigez mon retour ;
vous venez même me chercher jusqu'à Poitiers et
me reprendre, fût-ce de force, à ces murs sacrés
auxquels vous m'avez confiée. En agissant ainsi,
vous n'oubliez qu'une chose : le serment que vous
avez prononcé devant Notre-Seigneur Jésus-Christ
et sur les saintes reliques au jour où vous m'accor-
dâtes la liberté de me retirer dans le cloître.

« Ce serment, je pourrais surtout l'invoquer ; et
je me trompe fort, ou il vous enchaînerait : car je
connais vos sentiments chrétiens, et vous vous diriez
qu'un roi ne peut donner l'exemple d'un manque de
foi.

« Mais non, telle ne sera point mon arme : c'est
de votre volonté seule, de votre seule générosité que
j'attends une décision qui me confirmera dans ma
joie et ma paix précédentes, ou bien me causera une
vive et profonde affliction.

« Songez, ô vous dont j'ai été l'épouse soumise
et fidèle, songez que je suis sans défense ; que,
semblable à la colombe, je puis être frappée par la
flèche du chasseur, et que je n'ai même pas, ainsi
que l'oiseau, des ailes pour fuir. Mon unique refuge
est en vous, en votre esprit de justice : c'est de
celui-là même qui cause mon mal que j'attends ma
guérison.

« Ayez pitié de moi. Si jamais vous m'avez aimée ;
si vous aimez Dieu, qui nous voit ; si vous craignez,
en lui retirant une de ses servantes, d'offenser ce
Dieu qui nous jugera tous, faites-moi grâce et laissez-moi parmi ces saintes filles qui m'entourent de

leur affection, me couvrent de leurs faibles bras et m'inondent de leurs larmes, comme si le jour de l'éternelle séparation était arrivé. J'ai foi en votre honneur, et je suis bien certaine que le grand Chlother ne fera pas violence à l'humble

« RADEGONDE. »

A la lecture de la lettre de Radegonde avait succédé un profond et effrayant silence. Chacun tremblait intérieurement, chacun s'attendait aux éclats de la fureur du roi. On savait bien, en effet, que jamais Chlother n'avait supporté une contradiction ni reculé devant un obstacle.

Chlother reprit la lettre et y fixa les yeux, comme s'il eût voulu s'unir plus intimement, par cette contemplation, à la pensée qui avait dicté ces paroles, à la main qui avait tracé rapidement ces caractères.

Alors on l'entendit s'écrier :

« Cette femme a été grande sur la terre, mais elle sera plus grande encore dans les cieux. Je lui dois les seules joies pures et sans mélange que j'aie connues. Mais elle veut se retirer de moi... en priant pour moi, il est vrai. Malheur à qui la détournerait de sa voie! malheur à qui porterait un doigt sacrilége sur l'œuvre de Dieu!... Partons!

— Pour Poitiers, mon père? demanda Sighebert, frémissant d'un courroux mal contenu.

— Pour Soissons, mon fils, » répondit tranquillement le roi, tandis que Fortunatus, heureux de rapporter la bonne nouvelle à sa *mère* bien-aimée, s'élançait sur la route qu'il avait parcourue naguère, et, en recommençant le voyage, forgeait dans sa tête une épître latine.

L'évêque Germain n'avait pas tardé à suivre le poëte : il était chargé, par Chlother, d'une mission auprès de Radegonde.

A peine était-il arrivé à Poitiers, qu'il se rendit au monastère, où la reine attendait son arrêt avec anxiété. Pour l'évêque, toutes les portes s'ouvrirent, et immédiatement Germain fut conduit à l'oratoire, dédié sous le vocable de Sainte-Marie, où Radegonde était alors en prières. Il s'agenouilla devant elle, pénétré d'un tendre respect, et resta ainsi, quelque effort qu'elle fît pour qu'il se relevât.

« Non, dit-il, ô ma souveraine! je ne quitterai pas cette posture de suppliant; car c'est un suppliant qui se trouve en votre présence.

— Vous, mon père? dit-elle avec surprise.

— Je vous supplie, au nom du roi Chlother, de le prendre en votre miséricorde, et, s'il vous a inquiétée, troublée dans vos œuvres de salut, de lui octroyer indulgence et pardon; de vouloir bien considérer ce qu'il a perdu en vous de bonheur, de consolation, de force; et par conséquent en excusant sa violence, d'agréer l'expression de son regret, et de lui accorder quelquefois une de vos bonnes et ferventes prières.

— O mon père! répondit Radegonde, vous m'apportez la nouvelle qui pouvait combler mes vœux en ce monde, et vous me demandez un pardon pour mon seigneur et maître!... Ah! dites au roi que tout est oublié, ou plutôt que je me souviendrai

jusqu'à ma dernière heure des bontés qu'il m'a té-
moignées. S'il a commis envers d'autres des violences
bien autrement graves, j'espère que Dieu agréera
son repentir. »

L'évêque étendit la main sur le front de celle qui
avait porté une couronne, et qui était appelée à faire
tant de miracles dans le cours de son existence cé-
nobitique.

En ce moment Fortunatus parut conduit par l'abbesse.

« J'ai été devancé, dit-il; le vénérable prélat a
déjà apporté la nouvelle. »

Radegonde posa un doigt sur ses lèvres pour inviter au silence le poëte italien. Puis l'enveloppant
d'un regard de tendresse maternelle :

« Mon fils, dit-elle, vous arrivez à temps pour recueillir les paroles que Dieu me dicte à votre sujet.
Vous avez été jugé avec bonté, avec faveur; car une
immense grâce vous est réservée : il faut que vous
serviez le Ciel autrement que par votre foi et vos
hymnes; il faut que vous receviez les ordres sacrés.

— Moi, ô ma mère! se peut-il?... Un ministère si
redoutable!...

— Écoutez, Fortunatus, vous serez évêque de
Poitiers. Et vous, ô Germain! daignez le bénir à son
tour. »

Fortunatus s'agenouilla, pénétré de respect, d'é-
motion, et se demandant intérieurement s'il par-
viendrait à mériter les fonctions glorieuses qui lui
étaient offertes.

Agnès, ne pouvant contenir sa joie, s'écria:

« Mon Dieu, je vous rends grâces! Votre service va conquérir Fortunatus Venantius, ce noble cœur, cet esprit si élevé, et notre couvent conserve son étoile, sa fondatrice, son modèle! »

Les deux saintes femmes s'unirent dans une étreinte mutuelle et confondirent leurs larmes, tandis que Germain et Fortunatus s'éloignaient de ce lieu sacré : le premier, heureux du spectacle qu'il lui avait été donné de contempler, et se promettant de redire à Chlother tout ce qu'il y avait de pur et de dévoué chez la religieuse de Poitiers; le second, réfléchissant avec une sorte d'effroi à ce qui lui était commandé, et s'interrogeant intérieurement pour savoir s'il était bien digne de la tâche qu'il avait à remplir, de l'honneur auquel il devait aspirer.

Quant à Radegonde, elle pensait aussi avoir besoin de mériter la faveur que Dieu avait daigné lui faire en lui laissant le bien précieux de la liberté, le privilége de la prière. Elle allait s'astreindre désormais à des austérités inouïes; elle allait exercer sur son corps la surveillance inquiète et dure que le geôlier exerce sur le prisonnier; se faire, elle si bonne pour tous, son propre juge, un juge inflexible; accorder largement la part aux besoins d'autrui, et se refuser presque le nécessaire. Les prières, les veilles, les lectures pieuses se succédaient et n'étaient interrompues que par les soins prodigués aux pauvres, aux pèlerins, dont elle voulait laver les pieds et qu'elle servait à table. Ces mets, qu'elle partageait si volontiers entre les indigents, il semblait que ses lèvres ne dussent plus y toucher. La

nourriture céleste était la seule qui excitât ses désirs
et qui lui parût digne d'être goûtée. Ses filles en
Dieu étaient devenues son unique famille, sa seule
affection; elle ne se souvenait pas d'avoir eu des
parents, un époux.

Elle n'était pas cependant devenue tellement étrangère et indifférente au monde qu'elle ne prît le plus
grand souci du bien des peuples, et ne souhaitât le
maintien de la paix entre les rois. Aussi, dans les circonstances graves, lorsqu'un écho du dehors venait
apporter au mur de son couvent un bruit d'armes et
une clameur de violence, Radegonde ne manquait
pas d'employer tout ce que son cœur pouvait trouver
d'éloquence pour concilier les intérêts, apaiser les
ressentiments.

Souvent, à sa voix, la paix un moment troublée se
rétablit, et les peuples apprirent à bénir de nouveau
comme patronne celle qu'ils avaient chérie comme
reine; celle qui, par ses vertus, se fit un royaume
incomparablement préférable au royaume terrestre
qu'elle avait abandonné. Son nom, qu'elle croyait
enfoui dans le passé et hors du souvenir des hommes,
retentissait, au contraire, sous le chaume du pauvre
aussi bien que dans les villas des leudes : il brillait
surtout à l'esprit des infortunés, des souffrants. Invoquer Radegonde, tel était le premier moyen que
la douleur inspirait.

Cependant, chaque jour de nouvelles postulantes
demandaient à partager la retraite et le repos de la
sainte. Il en venait de toutes parts : perles précieuses
comme le paradis en contient tant, et que Radegonde

savait découvrir. Pour trouver une aide en ses filles, pour les encourager contre l'ennemi commun, pour les pénétrer de cette grande affaire du salut qui était devenue le soin unique de sa vie mortelle, souvent elle leur répétait :

« Recueillez, recueillez le bon grain du Seigneur; car je vous le dis en vérité, mes sœurs, mes enfants, vous avez peu de temps pour la moisson. »

Et elle ajoutait : -

« Prenez garde, mes filles ! En ce moment vous êtes dans l'abondance de toutes choses; mais le temps n'est pas loin peut-être où la faim et la soif vous seront envoyées; non pas faim de pain et soif d'eau, mais faim et soif de la parole de Dieu. »

Pressentiment prophétique dont le sens échappait alors à la communauté, mais qui ne se réalisa que trop quand les filles du monastère de Sainte-Croix de Poitiers cherchèrent vainement leur mère chérie.

VII

LA MORT D'UNE SAINTE

Toutes ses filles étaient rassemblées autour de Radegonde mourante. Le lit d'agonie était baigné de larmes. Ah! comme ces cœurs, comme ces mains eussent voulu, s'il eût été possible, retenir cette vie qui se terminait, ce souffle qui allait s'exhaler! Moment terrible et solennel, heure cruelle et décisive où la séparation vient mettre une barrière infranchissable entre ceux qui s'aimèrent, et où ceux qui partent laissent aux vivants la part la plus lourde, celle du regret!

On n'entendait que des gémissements, des sanglots, des coups appliqués sur la poitrine en signe de deuil et de pénitence.

« Malheureuses que nous sommes, quelle épreuve nous est imposée! Oh! que ferons-nous? Très-pieuse maîtresse, que n'as-tu obtenu de Dieu que les brebis rassemblées par tes soins t'aient précédée! du moins alors tu eusses, comme le bon pasteur, suivi tes brebis pour les présenter au Seigneur. »

Et tandis que ces lamentations continuaient, la sainte souriait à la mort, c'est-à-dire à la délivrance. Son faible corps, tout amaigri par les veilles, par les rigueurs de l'abstinence, ne retenait plus l'âme que par un imperceptible lien. Radegonde cependant semblait étrangère à ce deuil, à ces alarmes, à ces gémissements. Calme, radieuse, elle paraissait telle que l'oiseau qui dilate ses ailes prêt à s'envoler pour les plaines célestes.

Vers la quatrième heure du jour, la sainte reine prit possession de son royaume éternel. C'était le 13 août de l'an 587, date que l'Église a consacrée.

Aussitôt, du sein des prières et des pleurs, une voix s'éleva, la voix d'Agnès, disant:

« Malheur à nous, car nous avons péché! L'affliction accable nos cœurs. Nous avons perdu notre plus cher trésor : mais étions-nous dignes de le conserver ? »

Sitôt après le triste événement qui frappait la maison de Sainte-Croix, un serviteur fut envoyé à Grégoire, le vénérable évêque de Tours, qui devait relater dans son livre des Miracles ceux dont il fut témoin.

Grégoire se transporta en toute hâte au couvent. Lorsqu'il entra dans la salle où reposait la dépouille de celle qui avait été Radegonde, quelle fut sa stupéfaction ! Ce ne fut pas un visage humain qu'il crut voir, mais la face d'un ange brillante de la blancheur du lis et du pourpre de la rose.

« Autour du cercueil, dit le saint hagiographe dans son traité *de Gloria Confessorum*, il y avait une grande quantité de religieuses, au nombre de deux cents environ, que la parole de Radegonde avait entraînées vers une sainte vie; plusieurs d'entre elles qui, selon les idées du monde, étaient de haute naissance, devaient le jour à des sénateurs; il y en avait même de race royale : elles florissaient ainsi au sein de la religion. A notre arrivée, elles pleuraient abondamment. Pour moi, qui sentais aussi couler mes larmes, m'étant tourné vers l'abbesse, je dis : « Modérez un peu votre douleur, et « songez plutôt à accomplir les choses nécessaires. « Notre frère Mérovée, évêque de cette ville, n'a « pu se rendre ici, retenu qu'il est par une tour- « née pastorale. Prenez donc garde que le saint « corps ne soit exposé trop longtemps aux injures

« de l'air, et que la grâce mise par Dieu dans ces
« bienheureux membres ne s'efface, si vous différez
« le moment de la sépulture. Hâtez-vous de faire les
« obsèques, de rendre avec solennité sa dépouille
« au tombeau. » L'abbesse répondit : « Que ferons-
« nous, si notre évêque ne vient pas? Le lieu où
« Radegonde doit être enterrée n'a pas été consacré
« par la bénédiction sacerdotale. »

   « Alors les citoyens de la ville et autres hommes
distingués qui étaient venus assister aux funérailles
de la reine, commandèrent à mon humilité, en disant : « Ayez confiance en la charité de votre frère,
« et bénissez le cercueil. Nous croyons pouvoir
« affirmer que non-seulement il ne le trouvera
« point mauvais, mais encore qu'il vous en rendra
« grâces. » Soumis à l'ordre qui m'était donné par
tous, je bénis le cercueil dans la cellule même. Mais
dès qu'ayant levé le noble corps, nous commen-
çâmes à le conduire en psalmodiant, nous vîmes
des possédés se tordre en confessant la sainteté de
Radegonde.

   « Nous passâmes le long du mur extérieur : alors
la foule des religieuses, se montrant aux fenêtres des
tours et sur les créneaux même de la muraille, se
mit à pousser des cris et des lamentations. Le bruit
de leurs sanglots arrachait des larmes de tous les
yeux; et les clercs, dont l'office est de réciter les
psaumes, avaient peine à continuer l'antienne au
milieu de ces larmes et de ce deuil.

   « Par grâce, demandèrent les religieuses, que
« le cercueil s'arrête encore quelques moments au

« pied de la tour ; nous ne pouvons consentir à la
« voir disparaître. »

« Émus par cette fervente supplication, les por-
teurs posèrent à terre leur fardeau précieux. Et
voici qu'en cet instant le Ciel voulut rendre un té-
moignage éclatant aux vertus de sa servante bien-
aimée. Il y avait là un aveugle, dont la cécité datait
de longues années ; il priait comme tout le monde,
et comme tout le monde il chantait les louanges de
Radegonde. Soudain le rayon visuel revint dans ses
yeux : sans être soutenu par aucun guide, l'infirme
se mit à suivre le cercueil, et il marcha ainsi d'un
pas ferme jusqu'au lieu de la sépulture. »

Après la cérémonie funèbre, Grégoire voulut revenir au monastère de Sainte-Croix pour faire ses
adieux aux orphelines dont il venait d'emmener la
mère. Agnès le conduisit dans tous les lieux où Radegonde avait eu l'habitude soit de prier, soit de
lire.

« Voici, disait Agnès, la place où elle s'agenouil-
lait... Voici le livre sur lequel elle aimait à jeter les
yeux... Voici l'arbre dont elle préférait l'ombrage. »

Et les larmes de l'abbesse et des sœurs redou-
blaient. Le pieux évêque y joignit les siennes.

« Et, dit-il, je fusse sorti accablé si je n'eusse su
que Radegonde avait pris possession du bonheur
éternel. »

HANS SIEGENBLATT

I

Dans la bonne cité de Magdebourg, on montre encore aux enfants et aux jeunes fous qui rêvent de poésie une petite maison de bois où mourut presque de faim maître Hans Siegenblatt, un bien malheureux artiste.

Siegenblatt savait peindre; peu de clercs étaient plus habiles aux travaux de manuscrits; nul musicien ne tenait mieux un violon. Ses heures passaient occupées et sérieuses; cependant aucune d'elles ne lui apportait de noble récompense.

Et quand Siegenblatt avait peint une belle image de saint, un gros marchand lui donnait à peine quelques écus en échange, et il la mettait au-dessus de sa porte, à la merci du vent et de la pluie.

Et quand Siegenblatt avait copié soigneusement
un psautier, un livre d'heures, on lui jetait avec
dédain une faible récompense. Pourtant, quel amour
il apportait à colorier les lettres, à les orner de
figures, à dorer les titres !

Et enfin quand, appuyé sur sa fenêtre, le corps à
demi penché vers la rue, il jouait sur son violon les
vieux chants de la patrie, les bons bourgeois, les éco-
liers, les graves docteurs, les femmes sous leur voile,
et jusqu'aux enfants, s'arrêtaient muets, le regard
tendu, tout en extase; mais, le chant fini, chacun
retournait à ses travaux ou à ses plaisirs, et Siegenblatt soupait s'il pouvait.

II

Voici comme se lamentait un jour cet infortuné :

« Peinture, Poésie, Musique, filles de Dieu, vos
œuvres bénies ne sont stériles que pour vous-mêmes;
il semble que vous deviez porter la peine de cette
excellence qui vous ennoblit; l'étoile qui surmonte
et éclaire votre front sacré est comme un signe de
réprobation.

« La Jalousie au regard fauve, la Haine au pied
tortu, mais sûr, vous poursuivent sans relâche; en
quelque lieu que vous fuyiez, vous êtes certaines de
rencontrer des ennemis dans les êtres ignorants et
vils. Votre œil blesse, parce qu'il est pur; votre voix

déplaît pour être trop harmonieuse. Le monde vous
dit :

« Qu'avez-vous besoin de mon secours? demandez
« votre manne au ciel, Peinture, Poésie, Musique,
« filles de Dieu.

« Quand, lasses du chemin, vous cherchez un peu
« d'herbe pour vous y asseoir, le monde vous crie :

« Plus loin, plus loin; ne vous étendez pas auprès
« de moi comme des ombres de fatal augure; vous
« avez des ailes, prenez votre essor.

« A quoi êtes-vous bonnes? dit encore le monde.
« Que produisez-vous pour la faim des hommes?
« Êtes-vous les nourricières des grandes villes? Con-
« solez-vous le paysan autant qu'un verre de vin?
« Armez-vous le soldat? Servez-vous au marin?

« Voyez au matin, la cloche tinte, la boutique
« s'ouvre, les étoffes se déploient, la fumée du for-
« geron monte en blanche colonne; le juif court à
« sa caisse, l'artisan à son métier, le bûcheron à sa
« cognée : tout se donne du mouvement. Seule, la
« nation des rêveurs reste les bras croisés, ou bien
« que fait-elle qui soit plus utile qu'un cri d'enfant? »

« Ainsi parle-t-on. Et nous ne savons pas répondre qu'il faut aussi travailler pour l'esprit, et
que la faim n'est pas l'unique besoin de l'homme. La
peinture, la musique nous exaltent, nous font songer
à une vie sans bornes, à une vie de récompenses. La
poésie adoucit les mœurs : elle a écrit les premières
lois de la terre.

« Oh! jamais on ne connaîtra votre prix, filles
inspirées du ciel, qui passez ici-bas en étrangères.

Votre pâleur plaît au vulgaire; la souffrance est votre condition de grandeur; vous portez tour à tour la couronne d'épines. »

III

Cela dit, l'artiste posa son front sur sa main. Avoir projeté si haut son auréole, et se voir rejeté plus bas que la foule, rejeté dans la poussière! Pour lui, le soleil s'était levé pâle, et cependant le soleil dardait sur la ville de larges rayons. C'était Pâques; on voyait les bannières s'agiter dans les rues, les confréries marcher dans de belles robes toutes neuves, les chevaliers courir sur leurs chevaux houssés de soie et d'or; les fenêtres se paraient de fleurs, des jeunes filles s'y tenaient avec leurs fiancés; tout était liesse; le besoin accablait l'artiste, pendant qu'au dehors, au loin, le plaisir et l'insouciance chantaient sous de longues allées : « Dansez, fillettes; dansez, garçons; la bière est mousseuse et fraîche, le temps est beau. »

IV

Soudain le chien gémit, et court se cacher sous un siége; des pas pesants retentissent dans l'escalier en échelle, le bruit approche, la porte s'ouvre avec fracas : un homme paraît sur le seuil. Son air est fami-

lier, sa bouche sarcastique se relève aux deux coins,
sa moustache est hérissée comme celle d'un chat en
colère; rouges sont ses cheveux, rouge son justau-
corps; sur ses épaules se drape avec grâce un petit
manteau de velours noir, à son côté pend une longue
épée de combat. Le chien hurle, l'artiste n'a pas la
force de se lever; cependant qu'a-t-il à craindre ou à
perdre? Bien certainement cet étranger est un mauvais ange qui vient lui proposer de changer de sort.
Siegenblatt indique un tabouret au nouveau venu.

« Sieds-toi là, Satanas.

— Ah! tu m'as reconnu, mon brave homme. Et
tu as le courage de prononcer ainsi mon nom. Va,
si tu tenais dans tes coffres Magdebourg et ses dépen-
dances, tu ne serais pas volontiers aussi courtois avec
un sire au pied fourchu. Que fais-tu de la vie?

— Rien; tout juste ce qu'elle fait de moi.

— Pauvre homme !

— Tu me plains, esprit du mal ! suis-je donc
tombé jusqu'à ta pitié?

— Eh bien ! cela ne vaut-il pas mieux que de voir
des regards curieux sonder ta plaie, que d'entendre
les taupes raisonneuses discuter sur cette longue
mort qui est ta vie? Pauvres créatures ! Votre Dieu
vous a faites semblables, vous répétez cet axiome
soir et matin à sa gloire; oui, semblables pour le
limon. Mais il y en a qui ont le pouvoir de se pétrir
eux-mêmes une seconde fois. Que feras-tu isolé,
rejeté? Une fois qu'un homme a été relégué loin du
troupeau commun, on le reconnaît toujours pour un
banni; ses yeux timides, sa voix pleine de sanglots,

sa démarche même, tout est l'indice de son malheur;
car le malheur a, comme la richesse, une livrée à
lui : seulement elle est teinte de sang ou mouillée
de larmes, et on ne la dépouille qu'à l'heure de
mourir.

— O Satanas ! du fond de ton lac de bitume, tu
juges bien l'humanité, cette boîte à minces comparti-
ments, où l'on ne peut plus se placer ؟ on a manqué
sa case !

— Ami, reprit le démon d'une humeur charmante
en ce moment-là, je t'installerai, moi, au plus haut
rang. A ton passage, les monuments sortiront de
terre; la foule s'agitera sur un signe de ta main; pas
de seigneur qui ne te salue, pas de soudard qui ne
t'offre son épée.

— Ne parle pas ainsi, s'écria l'artiste; jamais je
n'emploierais la fortune à tant de bassesses.

— Quoi! double sot, tu ne t'amuserais pas à faire
marcher le monde sur les genoux? C'est pourtant fort
récréatif. Je te dis, mon très-cher, que, s'il me plaît,
tu deviendras fort riche, et que, s'il te plaît, alors
tu prendras une baguette flexible et mèneras paître
grands et petits, sans épargner les coups aux traî-
nards. Y a-t-il rien de si doux, de si honorable que
d'être maltraité par un seigneur Crésus, quand la
douleur doit se guérir avec un élixir d'or potable?

— Démon, tu me donnes de bien singulières pensées; tais-toi, tentateur, j'aspire à faire mon salut.

— Eh! mon agneau, tu le feras, ton salut; qui
songe à te demander ton âme? Depuis le commencement du xvɪe siècle, grâce aux Luther et aux

Calvin, j'en ai tant pour rien que je n'en achète plus;
mais il m'a passé une fantaisie par la tête : je veux
déraciner la poésie..., la déraciner en toi d'abord. Te
plaît-il d'avoir de l'or à souhait?

— Oh! oui, maître, donne-moi de l'or, des joyaux,
des palais à couvrir de mes toiles, à remplir d'harmonie...

— La, la..., comme il y va! Que me parles-tu de
toiles et d'harmonie? Allons, dépose ces balivernes
avec ton pourpoint troué. Veux-tu de l'or pour t'a-
muser encore à des fadaises? Sois riche et puissant.
Seulement, comme condition du marché, tu t'abstiendras, écoute bien, tu t'abstiendras complétement
de tous travaux quelconques; les pinceaux, la plume,
l'archet, ne conviendraient plus à ta main patricienne.
Far niente constant, est-ce convenu?

— Oui. »

V

Le pacte est signé, remis au démon. Satanas tire
son épée, décrit un cercle au-dessus de sa tête, un
cercle de feu. Aussitôt les murailles s'élargissent,
elles se meuvent comme des rangées de soldats; le
plafond s'élève, s'élève; tout à l'heure il écrasait
presque la tête de l'artiste, à présent il remonte vers
le ciel comme les kobals aux larges ailes. La lampe de
fer a fait place à de riches candélabres; cette porte
basse, qui avait à peine laissé passer le démon,

s'ouvre à deux battants de chêne sculptés mirifique-
ment, une tapisserie à figures variées le protége. Les
miroirs de Venise semblent glisser le long des parois
et tomber brillants comme des cascatelles; mille tableaux se rangent sur les murs; au fond s'étend une
galerie de marbre.

Siegenblatt va de çà de là comme un enfant qui
cherche sa mère. Les murs vont plus vite que lui;
il perd haleine à parcourir cette salle immense; en
passant, il touche une foule d'objets nouveaux pour
ses yeux; il s'embarrasse les pieds dans les tapis.
Lui-même il est changé : un miroir lui montre son
propre visage encadré dans une toque de velours
violet à plumes flottantes, une chaîne d'or à plusieurs rangs lui tombe sur la poitrine, un pourpoint
de soie lui dessine la taille, des diamants sont semés
à profusion sur la poignée de son épée, sur l'agrafe
de son manteau, jusque sur ses souliers de satin.

L'artiste va parler. Un chœur de voix retentit; ce
sont des musiciens qui, rangés le long de la galerie,
chantent ainsi :

« Honneur, honneur au seigneur duc de Siegenblatt! honneur à sa magnifique Excellence! Que son
sourire a de charme! qu'il est doux de se prosterner
devant lui! Honneur! honneur au seigneur duc de
Siegenblatt! »

Les musiciens disparaissent, mais une troupe de
femmes prend leur place; elles ont des harpes, des
luths, des guitares; elles chantent :

« Bien-aimé duc, tu es beau, grand, puissant
sur la terre! Heureuse sera ta noble épouse! Comme

on l'enviera lorsqu'elle cheminera près de toi sur un blanc palefroi ! Bien-aimé duc, tu es beau, grand, puissant sur la terre ! »

« Tu vois, dit Satanas, l'or produit déjà son effet : voilà deux heures que tu es riche, et tout Magdebourg, aveuglé, ensorcelé, croit que tu as trouvé un trésor ; on ne se souvient même plus de ta chétive maisonnette. Amuse-toi bien, mais n'oublie pas nos conventions. »

VI

Siegenblatt n'en est plus qu'à rêver aux moyens d'employer largement sa fortune, de faire honneur aux dons de l'esprit malin, de vivre noblement, d'éblouir les yeux des pauvres papillons humains qui tournent autour des riches. Court-il à cheval, ses vassaux se prosternent sur son passage, des fanfares l'accueillent à son retour, des bannières sont agitées sur sa tête. Chasse-t-il, des meutes se précipitent à sa voix, le cor éveille le cerf dans les bois de Siegenblatt. A qui ces champs ? Non pas au soleil qui les dore, mais à Siegenblatt. A qui cette rivière ? Non pas à l'Océan qui la reçoit dans son sein, mais à Siegenblatt. A qui la fidélité de ces serviteurs, le temps de ces pages, le génie des artistes, le souffle, l'œil, la voix, l'être entier des subordonnés ? A Siegenblatt. Est-il plus grand qu'eux, cependant ?

Il le fut lorsqu'il était pauvre; maintenant tous lui appartiennent, car il les paie, — ou du moins il peut les payer. — A peine a-t-il le temps de s'éveiller que des flots de sonnets et de pétitions tombent sur sa courtine brodée; des figures intéressées s'empressent, se penchent obséquieuses, cherchent les mots sur ses lèvres, lui offrent incessamment des plaisirs nouveaux pour son cœur déjà fatigué. — Mais c'est toujours l'intérêt, toujours le luxe, toujours la voix des flatteurs : ni l'ami ni le vrai sage ne sont là. — Et cependant, réduit à l'inaction forcée, le grand seigneur doit vivre de l'esprit d'autrui.

VII

Voilà l'hiver venu. Que faire avant, après les bals? La neige tombe épaisse, la glace couvre la terre, le ciel est sombre; l'ennui, l'insupportable ennui pèse sur Siegenblatt. Il va, il vient : mais que fera-t-il donc? Quoi! rien, rien toujours! et demain sera comme hier! — Il brise sa coupe, il chasse ses danseuses; il veut être seul, et quand il est seul, les heures lui sont longues. Ses mains inoccupées ont la fièvre : c'est d'abord tout bas qu'il appelle des travaux; mais bientôt il murmure, se plaint, s'irrite... Ce salon lui déplaît; il parcourt ses galeries de marbre, tout lui semble vide et étranger. Partout de l'or, oui, mais de l'or sans bonheur. — Son œil se creuse, son front se plisse.

Oh! ne rien faire! ne rien faire! Il pleure dans sa pourpre; il n'a plus faim auprès de ses festins de roi; il abhorre et repousse les artistes, parce qu'il ne peut plus être artiste lui-même. Chaque nuit ses amies d'autrefois, la Peinture, la Poésie, la Musique, viennent au pied de son lit lui adresser de douloureux reproches.

VIII

Un matin, Siegenblatt se lève brusquement; il y a dans son sein et dans ses yeux une ferme détermination. Il saisit son violon tout poudreux; il joue, il joue..., et à mesure que les notes se détachent des cordes sonores, le palais disparaît, disparaît... Il joue, et les tentures, les tapisseries s'en vont en vapeurs. Siegenblatt s'arrête : peu à peu les riches meubles reprennent leur place. Mais l'artiste, honteux de sa faiblesse, ferme les yeux et recommence à jouer jusqu'à ce qu'il soit épuisé de fatigue. Alors il promène ses regards autour de lui; il est dans sa chétive maison de bois : le bahut, les escabeaux, l'écritoire de plomb, rien n'y manque. — Satanas, assis, les jambes croisées, le contemplait avec un air de pitié. L'artiste haussa les épaules.

« Je t'ai reconnu à l'épreuve, Esprit du mal : tu as cru que les jouissances matérielles me suffiraient,

et que mon âme resterait captive et silencieuse dans
une prison dorée. Va, mieux vaut la faim que l'ennui desséchant d'une lourde oisiveté. Je ne te dois
plus rien; pars! Je souffrirai encore; mais telle est
ma destinée, et je la préfère. »

IX

Je vous ai dit, enfants, comment était mort notre
ami Siegenblatt. Il l'a voulu.

LA FLÈCHE DE L'ABBAYE

I

Un contingent de troupes levé par les soins du sire de Varcossy, un des plus puissants seigneurs du Bourbonnais, avait quitté Moulins, traversé Bourbon-l'Archambault, et se disposait à se rendre à Paris en suivant la route du Nivernais.

On était arrivé au lieu destiné pour la halte : c'était la lisière d'un bois. Une vaste prairie que le détachement venait de côtoyer étendait au loin son tapis vert, dont la frange était mouillée par les eaux vives d'une petite rivière qui serpentait capricieusement.

La nuit, en abaissant son voile d'ombres, enveloppa dans une commune obscurité le bois, la prairie, la rivière. Les soldats croisèrent leurs piques en faisceaux ; les uns débouclèrent leurs cuirasses et soulagèrent leur tête du poids du casque ; les

autres, couchés sur un lit de bruyères, demandèrent
au sommeil l'oubli momentané de leur rude condition. Les valets d'armes allèrent couper des branches
mortes et formèrent des fascines auxquelles on mit
le feu.

Tandis que la foule se pressait autour de ces foyers
soigneusement entretenus, deux hommes se retirèrent un peu à l'écart, de manière à pouvoir causer
sans être entendus.

« Diable, dit le premier, aussi vrai que je me
nomme Christophe, je crois que tu as besoin de
bons conseils, sinon tu te perdras. Que signifient
tes plaintes continuelles? Pendant la marche tu n'as
cessé de gémir, d'accuser le sort. Le soldat, quand
il se trouve dans les rangs, doit se montrer à l'é-
preuve de toutes les fatigues : si la chaleur l'accable, s'il ploie sous le poids de ses armes, si la
voix sévère ou même le bois de la lance d'un chef
vient gourmander son pas ralenti, le soldat doit
patiemment supporter les épreuves, les misères de
son état. Du reste il se rencontre pour lui de bonnes
aubaines, des villes prises d'assaut et mises au pil-
lage; un jour il manque de pain, le lendemain il
s'assied à des banquets de prince. Crois-en ma
vieille expérience, et prends ton parti. La guerre
m'enleva jadis à la charrue que je poussais sur les
terres de mon seigneur; depuis, je n'ai pu me dé-
cider à quitter mon large *coutil*, mon morion,
mon bouclier. Je me suis trouvé à plusieurs ba-
tailles mémorables; j'ai vécu longtemps derrière les
épaisses murailles des forteresses. Je puis donc te

le dire, tu t'habitueras comme moi à une carrière
que suivent par vocation les plus nobles gentilshommes de France. Quand les ducs de Bourbon,
de Bretagne, de Bourgogne, et tant d'autres ne
craignent pas de chevaucher la cuirasse sur le dos,
un pauvre vassal comme toi doit-il reculer devant
les dangers auxquels s'expose si volontiers la noblesse du royaume?

— Ce ne sont ni les dangers ni les fatigues du
métier qui effraient mon cœur, répondit le jeune
homme. Tu me juges mal, brave Christophe. Bien
que je porte la jaque depuis peu de temps, je suis
déjà familiarisé par avance avec l'idée des périls et
de la mort prématurée qui attendent le soldat; si
tu me vois découragé, si j'ai peine à me traîner
dans les rangs à côté de mes compagnons, c'est
que ma pensée se reporte en arrière et me retrace
les douces années de mon enfance; c'est que, la
nuit, dès que le sommeil ferme mes paupières fati-
guées, des voix tendres m'appellent comme autrefois, et qu'en m'éveillant soudain, j'invoque inuti-
lement l'image de ma mère. Me trouvant seul, je
verse d'abondantes larmes; et encore me faut-il
pleurer tout bas, car, si l'on m'entendait, je devien-
drais la fable de toute l'armée.

— Aussi, reprit rudement Christophe, pourquoi
t'avises-tu de rêver au manoir maternel?

— Un manoir? répéta tristement Diaire, vous
voulez rire de moi; mais je vous le pardonne; j'y
suis accoutumé. La maison de ma mère est bien
simple, bien humble; jamais étoffes précieuses n'y

4*

furent déployées; jamais tapisseries, tableaux de prix, vitraux coloriés n'en décorèrent les salles. Les seuls ornements qu'elle contienne sont en bois et façonnés de mes mains.

— Qu'est-ce que tu dis là? s'écria le vieux soldat d'un ton d'incrédulité; toi, tu serais un de ces artisans habiles à ouvrer le bois, la pierre et le marbre?

— Hélas! oui, Christophe.

— Plains-toi donc. Tailler de belles figures qui seront un jour exposées dans les églises à la vénération des fidèles, ce n'est certes pas un si mauvais métier.

— Précisément, mon brave, c'est un art et ce n'est pas un métier. Lorsqu'un simple chaussurier, un tanneur, un fauconnier, un varlet, vivent heureux à l'abri de tout souci, de tout besoin, l'homme inspiré qui élève des cathédrales, qui façonne des statues, ou qui peint de magnifiques rosaces est constamment en proie aux inquiétudes, aux angoisses d'une existence laborieuse, souvent même brusquement interrompue par la misère. Quand un instinct invincible m'entraînait vers l'état de tailleur d'images, malgré les supplications de ma mère, qui prévoyait pour moi l'avenir, j'étais loin de me douter de la pesanteur du fardeau que j'essayais de soulever, et qu'il me faudrait ensuite traîner en gémissant. Tout l'avoir de ma mère me fut sacrifié. Je devins habile, mais j'étais ignoré; et s'il y avait un manoir à bâtir, une abbaye à orner, les nobles seigneurs ou les moines ne venaient pas s'adresser à

moi. J'étais forcé de m'associer à des rivaux qui re-
tiraient tout l'honneur de mon travail; encore fai-
saient-ils des difficultés pour m'admettre dans leur
compagnie. Souvent, après avoir supplié ces orgueilleux, je revenais au logis l'escarcelle vide, le
cœur brisé; je cherchais à retenir les larmes qui
mouillaient ma paupière. Ma pauvre mère ne s'y
méprenait point; mais plus elle me faisait entendre
des paroles consolantes, et s'efforçait de relever mon
courage, plus je me sentais affligé; car je n'espérais
pas m'acquitter jamais envers cette pauvre femme
qui, depuis ma naissance, m'avait prodigué tant
de soins, et mon orgueil d'artiste s'indignait contre
l'obscurité dans laquelle mes rivaux voulaient me
tenir plongé comme dans une prison. Vous ne pouvez comprendre cette torture : être en face de la
pauvreté et de la gloire; voir d'un côté le hideux
fantôme qui s'approche, de l'autre la brillante vision qui s'éloigne!... Ce supplice devenait trop pe-
sant pour moi; je ne rêvai plus qu'aux moyens de
m'en affranchir en rendant mon départ utile à ma
mère. J'appris que le duc de Bourbon levait des
troupes : j'allai trouver le sire de Varcossy, mon
suzerain; je lui offris de me joindre au contingent
qu'il devait conduire. Il accepta. Je partis secrète-
ment, car je n'avais pas le courage de recevoir des
adieux qui m'eussent brisé le cœur : un parchemin
que j'avais remis à notre curé expliqua le mystère
de cette fuite. Voilà comment de sculpteur je suis
devenu soldat.

— Ton histoire m'a intéressé, jeune homme ;

mais excuse ma franchise : il me semble que tu as manqué de constance. La fortune est comme une citadelle : il faut monter souvent à l'assaut pour atteindre le haut de la plate-forme. Tu t'es découragé un peu vite : à ta place, je n'aurais pas quitté ma vieille mère.

—Pouvais-je lui arracher ses dernières ressources ?

— Il fallait labourer la terre.

—Eh! mes faibles mains, bonnes seulement à tailler une figure, à découper soigneusement une fleur, étaient inhabiles à de rudes travaux. Non, je ne me suis pas découragé trop tôt : j'ai cédé lorsque le poids du chagrin m'a accablé ; lorsque, jeune et entrant dans la vie, je me suis senti vieux par le désespoir. Vous dites que je ne devais pas quitter ma mère; mais vous ignorez qu'en quittant ma mère j'ai abandonné aussi une jeune fille à qui je n'ai pas voulu laisser le temps de m'aimer, car je n'aurais eu à lui offrir que la moitié de mon malheur, tandis que Berthilde pourra épouser un des plus riches bourgeois de Moulins, qui l'a demandée à maître Jacques Lormeau, son père.

—Allons, mon ami, ta prud'homie me raccommode avec toi. Écoute le conseil d'un soldat qui a plus d'expérience que de savoir, plus de bon sens que d'esprit. Puisque ton sort est fixé, ne travaille pas à le rendre plus mauvais qu'il ne l'est; prends patience, invoque Dieu, et tu avanceras en grade. Bonne nuit ! Le sommeil me gagne : il y a longtemps que le couvre-feu est sonné; imite-moi, et cherche dans le repos un refuge contre les maux de la vie. »

En achevant ces paroles, Christophe s'étendit sur sa cape ; une minute après, il dormait profondément.

Loin de partager cette tranquillité, Diaire vit redoubler l'agitation de son âme à mesure que le silence devenait plus profond dans le camp. Pénétré par la vivacité de l'air, il s'était doucement rapproché des feux qui, réduits en braise, jetaient leurs dernières lueurs. Les sentinelles avaient pris pour dormir de commodes positions. Au milieu de cette immobilité générale, Diaire sentit son cœur battre violemment, le vertige s'emparer de son esprit, le sang monter à ses yeux et à ses oreilles. En cheminant à pas lents, il murmurait des paroles inintelligibles ; puis, s'appuyant contre le tronc d'un arbre, il se mettait à réfléchir, et il s'effrayait alors des pensées qui l'assiégeaient. La liberté prenait pour le séduire les traits les plus chers à son cœur. Les êtres bien-aimés semblaient l'inviter à les suivre et l'attirer du geste, du regard, de la voix. Mais entre eux et lui s'ouvrait un abîme infranchissable : le serment militaire ! Un chef, des compagnons grossiers, de rudes travaux, une obéissance passive à des ordres souvent injustes, parfois barbares, tel était le cercle dans lequel l'existence de Diaire était désormais enfermée. Cette âme que la culture des arts avait élevée et agrandie frémissait d'horreur devant la perspective d'une longue série de combats, de massacres, de violences de tous genres.

En faisant ces réflexions, le jeune homme continuait à marcher; il fut bien surpris lorsque la lueur du dernier feu du camp lui apparut à une grande distance. Involontairement il avait franchi la ligne des sentinelles. Tout se taisait. La lune, voilée par un rideau de nuages que le vent chassait vers le nord, ne projetait plus qu'une faible clarté. Ce silence, cette obscurité, semblaient autant de moyens de fuite pour le malheureux Diaire. La liberté, que tout à l'heure il avait à peine osé rêver, venait en quelque sorte le prendre par la main pour l'emporter dans un vol rapide. Cédant à un mouvement machinal, Diaire détacha son ceinturon, qu'il déposa à terre avec ses armes et son morion; il ramena sur sa tête le capuchon de sa casaque de laine, et, ne consultant plus que son désir immense de devenir libre, il s'élança dans la campagne en suivant un chemin sinueux qui allait se perdre dans un bois.

Cependant, au moment même où il dénouait son ceinturon, une des sentinelles était sortie de son assoupissement. Les mouvements que faisait Diaire attirèrent l'attention de ce soldat, qui, au bruit des pas du fugitif, crut devoir donner l'alarme.

A peine avait-il crié : « A moi ! » que ses camarades, éveillés en sursaut, l'entourèrent et le pressèrent de questions.

« Un déserteur, dit-il, vient de quitter le camp; je l'ai vu de mes deux yeux... Il s'est échappé de ce côté.

— Nous le rattraperons bien vite, » répondirent les soldats.

Christophe ne disait rien ; mais, cherchant du regard son jeune compagnon, et ne le trouvant plus,
il éprouvait un horrible serrement de cœur.

« Oh ! pensait-il, ce ne peut être que lui... L'in-
sensé ne savait donc pas à quel châtiment il s'expo-
sait... C'est lui..., je n'en puis douter... »

Des torches de résine avaient été allumées. Un
instant après on rapportait les armes du fugitif : il
fut facile de les reconnaître au manche de bois du
coutil, que l'artiste avait taillé et couvert de figurines.

« C'est Diaire, crièrent mille voix.

— Diaire ! répéta en frémissant de courroux le
sire de Varcossy ; qu'on le poursuive ! Où est mon
écuyer ?... Guillaume, approchez... Vous allez monter à cheval ; il faut que vous rejoigniez le traître
qui a quitté la bannière de son suzerain. Ne rentrez
pas au camp sans cet homme.

— Monseigneur sera obéi, répondit respectueusement l'écuyer.

— Qu'une troupe de fantassins parte d'abord,
éclaire la route et batte les buissons. Christophe,
vous les commanderez.

— Moi ! murmura douloureusement Christophe.

— Oui, vous ! Partez sans perdre un instant. »

Des ordres aussi péremptoires ne souffraient pas
de réplique. Deux minutes s'étaient à peine écoulées
que Christophe et son escouade s'élançaient sur les
traces du déserteur.

Celui-ci ne prévoyait pas qu'il serait sitôt poursuivi, et, n'apercevant plus le camp masqué par une

sinuosité de la route, il s'était assis sur une large pierre au pied d'une croix de bois, et il reprenait haleine en adressant à Dieu une prière fervente, lorsqu'un bruit sourd frappa ses oreilles. Il ne se méprit point sur la nature de ce bruit : c'étaient les pas d'une troupe d'hommes assez proches de lui pour qu'il pût voir sur le feuillage des arbres le reflet de leurs torches. Il frémit de douleur et d'effroi ; mais, ramené bientôt à une pensée plus énergique par l'instinct de la conservation, il embrassa d'un coup d'œil rapide l'espace qui s'offrait à sa fuite. Malheureusement la route ne lui permettait pas de couper à travers champs ; car d'un côté elle était bordée par une chaîne de rochers escarpés, de l'autre par un ravin très-profond et d'où il eût été impossible de sortir. Le seul espoir de Diaire était de gagner le bois, et là de se frayer un passage au milieu des massifs en rampant comme une bête fauve. Les armes dont les soldats étaient chargés lui donnaient l'avantage sur eux ; cependant il ne gagnait que médiocrement de terrain, et il avait tout lieu de craindre que ces hommes, habitués à la fatigue et aux longues marches, ne finissent par l'atteindre.

Comme il remerciait intérieurement la Providence de ce qu'il ne se trouvait pas un cavalier parmi les poursuivants, le galop de plusieurs chevaux, montés par Guillaume et ses gens d'armes, retentit sur les cailloux de la route. La terreur donna des ailes au fugitif ; une sueur abondante découlait de son front, sa respiration était entrecoupée ; il sentait ses

forces l'abandonner, et cependant il courait toujours. Enfin il atteignit le bois, sauta par-dessus
un fossé et pénétra, en se meurtrissant les pieds et
les mains, dans un taillis où des lianes étroitement
enchevêtrées partaient du tronc des gros arbres,
qu'elles enlaçaient, pour former dans les airs des
réseaux et des arcades. S'arrêtant alors, il écouta.
La troupe de fantássins s'était partagée en deux :
les uns avaient pris à droite, les autres à gauche; et
les cavaliers suivaient la route afin d'aller occuper
les principales issues du bois. Plus de doute, on
était encore sur ses traces. L'infortuné entendait
distinctement les grands coups d'épée ou de hache
que donnaient les soldats pour couper les lianes,
tandis qu'il n'avait, lui, que ses mains pour s'ouvrir un passage. Le plus animé à la poursuite c'était
Christophe, car il ne cessait de crier :

« Allons, mes enfants, courez sus au déserteur,
le sire de Varcossy vous paiera généreusement. »

Diaire l'entendit ensuite qui disait :

« Divisons-nous, c'est le plus sûr moyen ; nous
atteindrons ainsi notre homme. »

Diaire changea un peu sa direction, et, sortant
enfin du taillis, il entrait dans un sentier couvert et
d'où la campagne lui était apparue aux rayons de la
lune, quand soudain Christophe déboucha du même
taillis et se trouva devant le fugitif, qui poussa un
faible gémissement.

« Malheureux ! murmura le vieux soldat.

— Je suis perdu ! prends-moi.

— Sais-tu quelle peine tu as méritée ?

— La mort, et je la subirai sans me plaindre. On
te paiera généreusement mon arrestation, gagne la
récompense.

— Moi recevoir le prix de ton sang! moi qui t'ai
vu pleurer ta mère, priver cette pauvre femme de
son fils! Non, non, suis ce chemin. Je vais mener
mes camarades dans une autre direction ; je dirai
que je ne t'ai point vu, tu me coûteras mon premier
mensonge, mais j'espère que Dieu me pardonnera. »

Diaire pressa silencieusement les mains du vieux
soldat, et il reprit sa course, tandis que Christophe
rejoignait ses compagnons.

Dix minutes après, le déserteur sortait du bois et
se trouvait sur la pente d'une colline, qu'il descendit
avec rapidité. Au bas de cette colline, la route for-
mait une croix. Arrivé au carrefour, Diaire chercha à
s'orienter. Il aperçut, à la lueur naissante de l'aube,
quelque chose qui ressemblait à des tours; l'espoir
lui vint qu'un monastère, lieu de refuge pour les
malheureux, s'élevait à peu de distance. Puisant donc
une nouvelle force dans l'apparition de cette espèce
de mirage, il s'élança du côté des tours. C'était sa
dernière espérance, car le terrible galop des cavaliers venait de retentir encore...

Le jour éclaira l'horizon. O bonheur! ces lignes
noires appartiennent à un monastère. Diaire arrive
devant la porte principale, il aperçoit la cloche des
pèlerins, et, saisissant la chaîne, il la secoue d'une
main convulsive. Les cavaliers ne sont plus qu'à une
centaine de pas... Le frère portier a entendu cet appel; il se présente et recule avec un effroi involon-

taire à l'aspect du fugitif. Cependant celui-ci, joignant les mains, s'écrie d'une voix déchirante :

« Asile ! asile ! »

II

Au moment où, avec l'admirable instinct de la
charité, le religieux refermait vivement sur le déserteur la porte du couvent, les cavaliers arrivèrent
devant cette porte et firent halte.

« Où sommes-nous, Guillaume? demanda un
sergent d'armes. Autant que la lueur matinale me
permet de distinguer les objets, je suis déjà venu
par devers ces lieux.]

— Il n'est pas, en effet, que vous n'ayez visité la
célèbre abbaye de Souvigny.

— Vous avez raison, je l'ai visitée et je la recon-
nais maintenant à ces grandes tours qui se dressent
comme des sentinelles des deux côtés de la longue
nef. C'est, je crois, dans la chapelle qu'est déposé
le corps vénéré de saint Mayol...

— Oui, mais nous causerons de cela plus tard; il
s'agit de notre fugitif : je ne veux pas qu'il soit dit
que nous aurons pour rien mis nos bons destriers à
sa poursuite. Attendez-moi ici; je vous ramènerai
bientôt l'homme que nous avons promis de livrer à
la justice de notre maître. »

Il sonna. Quelques instants après, le prieur était
prévenu qu'un écuyer du noble comte de Varcossy
demandait à être admis en sa présence.

Le prieur se trouvait dans la salle du chapitre, en

conférence avec les religieux les plus vénérables par
leur âge et les plus recommandables par leur savoir.
Après matines, il les avait réunis, selon sa coutume,
pour traiter des affaires de l'abbaye. Il ignorait encore l'arrivée de Diaire ; et d'ailleurs Souvigny admet-
tait chaque jour dans ses murs tant de pèlerins, de
malades et d'indigents, que la bienfaisance y était
une vertu d'habitude. Pensant donc qu'il ne s'agissait que d'une réclamation ou proposition relative
aux terres du sire de Varcossy qui touchaient à celles
de l'abbaye, le prieur ne crut pas devoir lever le
conseil.

Guillaume parut, le front haut, l'œil sombre ;
et tout en saluant l'assemblée, il promena sur les
religieux un regard empreint de défiance.

« Vous venez de la part du noble sire de Varcossy ? demanda le prieur ; dites-nous, mon fils, ce
que désire votre maître.

— Seigneur abbé, un lâche vassal nommé Diaire,
engagé au service du comte, a pris la fuite cette nuit,
après avoir jeté à terre des armes qu'il n'était pas
digne de porter. Nous l'avons poursuivi, avec mission de le ramener pieds et poings liés au camp, où,
selon le bon droit et la justice, il recevra trois cents
coups de lanière de cuir. »

Les religieux ne purent réprimer un mouvement
d'horreur ; mais l'écuyer continua sans paraître s'a-
percevoir de la pénible impression que ses premières
paroles avaient produite :

« Ce déserteur a, en vérité, des jambes de cerf ;
car, malgré la vitesse de nos chevaux, il nous a

échappé. Mais si nous n'avons pu l'atteindre, du moins avons-nous suivi ses traces. Enfin la porte de cette abbaye s'est ouverte pour le recevoir au moment où, exténué, à demi mort, il allait tomber entre nos mains.

— Il est ici ! s'écria le prieur avec l'accent de la commisération : frère Jean, veuillez descendre au parloir, et veillez à ce que ce malheureux reçoive les secours qui doivent lui être nécessaires. Continuez, mon fils, ajouta le prieur en se retournant vers Guillaume ; que voulez-vous de moi ?

— Une chose toute simple, toute naturelle : la restitution du fugitif.

— Mais en pénétrant ici, fit observer le vieillard, il a réclamé le droit d'asile.

— Mon père, repartit rudement Guillaume, le droit d'asile ne saurait s'étendre aussi loin. Il fut un temps où tous les criminels pouvaient se mettre à l'abri de la justice en se réfugiant au pied des autels ; mais les rois et la noblesse ont compris que ce privilége, respectable sans doute, devait avoir des bornes. Maintenant il est peu d'églises qui confèrent le droit d'asile, et les réclamations appuyées par les lois ou l'épée sont souvent entendues.

— Mon fils, votre langage ne part point d'un cœur chrétien : vous voulez mal de mort à un de vos semblables, et de plus vous menacez les serviteurs de Dieu. Croyez-vous que nous puissions vous abandonner celui qui a eu foi en notre charité, et permettre qu'il trouve le supplice au sortir de ce prieuré qui lui était apparu comme un port de salut ?

— Et croyez-vous que le sire de Varcossy, mon maître, soit disposé à perdre ce soldat rebelle ? S'il laissait fléchir sa justice, bientôt tous ceux que fatigue le service militaire prendraient prétexte de ce relâchement de la discipline pour quitter de même leur poste et forfaire pareillement à l'honneur. Vous voyez donc bien, mon père, qu'il ne s'agit pas d'une réclamation injuste : un homme a manqué à ses devoirs, donné un funeste exemple, trouvé un refuge ici ; cet homme doit nous être rendu. »

Le prieur appuya une de ses mains sur son front dépouillé de sa chevelure et sillonné de rides ; tandis que, livré à la méditation, il se demandait comment il pourrait accorder ses sentiments de protecteur des infortunés avec les exigences du sire de Varcossy, les autres religieux échangèrent quelques paroles qui n'étaient que la traduction des impressions pénibles dont le cœur du pieux abbé était affecté. Guillaume, fier d'avoir si bien plaidé la cause de son maître, attendait une réponse définitive, en laissant errer sur ses lèvres un sourire railleur. Enfin, le prieur releva la tête et dit :

« Nous vous avons entendu, mon fils, mais il est nécessaire que nous écoutions à son tour le malheureux que vous réclamez. Après cela, nous prendrons une décision qui vous sera transmise. Allez vous reposer dans le cloître affecté au logement des étrangers, et que Dieu vous tienne en sa sainte garde. »

L'écuyer sortit, non sans laisser percer son mécontentement.

Pendant qu'on délibérait sur son sort, Diaire,

promptement remis de son état d'épuisement, grâce
aux aliments que le frère portier s'était empressé de
lui donner, obéit à cet instinct d'artiste qui jusqu'a-
lors avait dominé en lui. Conduit par un novice qui
s'offrit à le guider, il se mit à parcourir les diverses
parties de l'église. « Au moins, disait-il avec un sourire
mélancolique, si je suis livré au féroce Guillaume,
si je dois périr de la mort des déserteurs, au moins
aurai-je admiré un monument célèbre; près de retourner à Dieu, j'aurai eu pour dernier bonheur la
contemplation d'un édifice consacré à son culte. »

Cinq nefs se développèrent à ses regards émerveillés; l'église affectait la forme de la croix; les archi-
tectures romane, byzantine, gothique s'y succédaient
comme autant de styles superposés, et prouvaient
que ce monument, si justement admiré, devait
avoir été l'œuvre des siècles. Sous les arceaux de la
nef ogivale, jusqu'à l'extrémité du chœur, courait
un feuillage à jour travaillé avec une finesse et un
goût qui en faisaient une dentelle de pierre. Les bas
côtés avaient les chapiteaux les plus variés, couverts,
pour la plupart, de têtes grimaçantes, emblèmes du
péché; une lampe éclairait le sanctuaire, et reflétait
ses rayons tremblants sur l'or, l'azur et le vermillon
dont les murs étaient aussi soigneusement revêtus
que les pages d'un beau missel colorié; des stalles
en bois de chêne entouraient le chœur; enfin, dans
la grande nef, s'élevait sur quatre basses colonnes
le tombeau de saint Mayol, où le corps vénéré reposait dans une châsse d'argent, ouvrage d'un sous-
prieur de bénédictins, de dom Ildin. A l'aspect de ce

tombeau, Diaire éprouva une sorte de soulagement;
car le nom du saint était alors en grande dévotion
parmi les populations du Bourbonnais et des pro-
vinces environnantes, et les fidèles accouraient de
toutes les parties de l'Europe pour prier devant cette
châsse qui contenait les restes d'un des plus illustres
serviteurs de Dieu.

Diaire se prosterna sur les degrés du tombeau;
son oraison fut fervente. Le jeune homme demandait
à Dieu son salut, non pour lui-même, mais pour sa
mère et pour celle qu'il avait autrefois espéré appeler du doux nom de fiancée. En relevant le visage,
il aperçut de l'autre côté du tombeau, à l'un des
angles, un vieillard aux traits majestueux, dont la
douceur tempérait la dignité; ce vieillard, qui le
considérait avec attention, c'était le prieur.

Un frémissement involontaire parcourut le corps
du déserteur; quelque chose lui apprenait qu'il avait
devant les yeux le maître de sa destinée. Il s'inclina
profondément, et attendit, dans un silence respec-
tueux, qu'il plût au vieillard de prendre la parole.
Celui-ci lui adressa cette question :

« C'est vous, mon fils, qui avez cherché un refuge
sous le toit de notre cloître?

— Oui, mon père. Déjà, sans doute, on m'a réclamé?

— Vous dites vrai.

— Me préserve le Ciel d'être pour vous un hôte
dangereux! Avant de me livrer à mes ennemis, j'ai
désiré contempler les magnificences de cette église.
Maintenant je vais où m'appelle mon sort.

— Infortuné!... si jeune... déjà destiné au supplice !... Tu n'as donc pas de mère?

— Une mère! la mienne pleure mon absence !

— Et tu l'aimes?

— Plus que ma vie !

— Que faire pour le sauver! que faire, hélas! Le
sire de Varcossy est un homme hautain, impérieux;
son ressentiment durerait autant que sa vie... D'autre
part, abandonner un infortuné !... »

En achevant ces paroles, l'abbé avait baissé la
tête et pris une attitude de méditation qui lui était
naturelle, quand Diaire poussa une sorte de cri qui
annonçait chez lui une révélation subite.

« Il m'a semblé, dit-il, que votre église, toute
magnifique qu'elle est, était incomplète.

— Incomplète ?

— L'œil exercé d'un artiste trouve bien vite les
défauts et les lacunes. Oui, mon père, il manque à
Souvigny un ornement indispensable. Entre vos
deux tours règne un vide qui attriste le regard. Je
l'ai remarqué lorsque, avant-hier, je suis passé avec
mes compagnons devant la façade du monastère.
Vous n'avez point de flèche.

— Mon Dieu, oui ; mais, pour exécuter ce travail,
il faudrait un homme si habile, si inspiré !...

— Cet homme, ce sera moi.

— Vous?

— Daignez m'accorder votre confiance... Déjà ces
mains de vingt ans ont couvert plus d'un vitrail,
plus d'un chapiteau, de figures de bienheureux.
Peindre ou sculpter, voilà quel devait être mon

5

sort ; le métier des armes me faisait horreur... En
désertant, j'ai mérité la mort, je le sais; mais je
suis si jeune qu'il m'est permis de vouloir me rat-
tacher à la vie, ne fût-ce que peu de temps encore...
Pensez-vous que la justice du sire de Varcossy puisse
s'étendre sur moi avant que j'aie terminé ce pieux
travail ?

— Non : la sainteté de ta tâche suffirait pour te
rendre inviolable. Mais ensuite sa vengeance te ré-
clamerait avec une énergie d'autant plus grande que
ce délai forcé aurait encore augmenté la colère de
ton seigneur suzerain.

— Eh bien, peu m'importe !

— Mais qui nous prouvera que, pour te ménager
des moyens d'évasion, tu n'as point abusé de notre
bonne foi ?

— Faites-moi donner un parchemin, de l'encre,
des roseaux taillés, et vous verrez si je suis un imposteur.

— Suis ce frère novice..., il va te conduire à la
librairie du monastère.

— Avant une heure j'aurai tracé mon plan, et je
veux, ajouta Diaire avec enthousiasme, que la flèche
de Souvigny n'ait rien à envier au Petit-Saint de
Moulins ou au clocher de la sainte chapelle de Bourbon-l'Archambault ; je veux qu'elle soit tout entière
à jour, et qu'autour de ses élégantes découpures,
de ses nervures délicates, se déploie en spirale un
escalier finement sculpté. Vous verrez, mon père,
que votre confiance n'aura pas été trompée.

— Va donc, mon fils, et que Dieu t'inspire. »

Ce fut à grands pas que Diaire s'éloigna. L'heure qu'il avait demandée ne s'était pas écoulée encore que déjà l'artiste, suivi du frère novice, venait déployer son dessin aux regards de l'abbé et des pères que celui-ci avait mandés pour leur communiquer la proposition de l'étranger.

Ce plan excita l'admiration générale. Il y avait tant de hardiesse dans cette ligne toute chargée d'ornements, montant droite vers le ciel comme l'expression de la prière, tant de grâce et de finesse dans les découpures de l'escalier, que la demande de Diaire fut accueillie avec ardeur. Aucun des religieux ne songea en ce moment aux suites graves que pourrait entraîner la protection dont ils allaient couvrir le déserteur.

Seul le prieur était pensif.

« Combien faudra-t-il de temps pour exécuter ce chef-d'œuvre? » dit-il à Diaire.

Ces mots rappelèrent le jeune homme au triste sentiment de la réalité. Satisfait du moins de retarder l'heure de son supplice, il répondit d'une voix ferme :

« Mon père, il me faudra deux ans... Ma vie appartiendra ensuite à la justice.

— Deux ans! Eh bien! je vais faire porter cette réponse à l'écuyer du sire de Varcossy. Mais songe qu'il serait inutile de lui demander rien de plus.

— Deux ans à vivre! murmura Diaire. O mon Dieu! puissé-je te les consacrer dignement! »

III

Quelques bénédictins étaient réunis dans la partie
du clos ou jardin qu'à leurs moments perdus les
religieux se plaisaient à cultiver. Les uns tenaient
la bêche, les autres faisaient des semis; plusieurs
conféraient gravement sur des points de doctrine en
suivant les allées ombragées d'épais berceaux qui
invitaient à la méditation. C'était un touchant tableau
que celui de ces hommes aux traits austères, aux
yeux fatigués par de pieuses veilles; de ces hommes
qui savaient partager leur temps entre le culte de
Dieu, de profondes études, les soins donnés aux
souffreteux et d'innocentes récréations. Non-seulement leur parterre s'embellissait de brillantes fleurs,
mais encore une foule de plantes utiles et propres
à guérir les blessures y croissaient pour réparer les
maux de la guerre. Cette abbaye planait au-dessus
de la contrée comme l'image visible de la Providence.

Trois novices s'étaient écartés du groupe prin-
cipal, et, tout en causant, venaient de se rapprocher
des murs de l'église. Arrivés en vue de la façade,
ils la mesurèrent du regard, depuis le portail jusqu'aux tours. Entre ces géants de pierre s'élevait,
avec une gracieuse ténuité, la flèche que Diaire avait
promis d'exécuter et qu'il avait presque entièrement
terminée. C'était une merveille d'architecture. La
vapeur légère de l'encens n'eût pas été plus délicate,
plus souple dans ses contours. Les flocons qui en-

tourent parfois la lune dans une belle nuit d'été, ou les nuages que le vent chasse sur le fond bleu du ciel méridional, ne sont pas plus transparents; car toute cette aiguille ornée de feuilles, de fleurs, de figurines, était percée à jour : l'œil en pénétrait les diverses parties, comme si la flèche eût été formée d'une dentelle. Rien de comparable à l'escalier en spirale qui, accroché aux flancs du monument, le festonnait de sa guirlande, de même qu'une liane qui s'enroule à un peuplier.

L'admiration des jeunes religieux céda bientôt à un sentiment pénible qu'ils éprouvèrent à la fois avant de s'être communiqué leur pensée. L'un d'eux laissa enfin tomber ces paroles d'une voix pleine d'émotion :

« Pourquoi faut-il que l'auteur de ce chef-d'œuvre soit voué à une mort cruelle ! Pauvre Diaire ! à mesure qu'il travaillait, il avançait sa dernière heure.

— Vous avez raison, mon frère. »

Ces mots, accentués avec une sombre énergie, firent tressaillir les novices, qui, se tournant vivement, aperçurent Diaire. Celui-ci paraissait être sous l'empire de la plus triste préoccupation. Ses cheveux noirs tombaient en désordre autour de son cou; sa barbe était longue et inculte. Il ajouta, en souriant d'une façon étrange :

« Le temps passe..., le mien s'est écoulé... Mais je ne me plains pas, car monseigneur l'abbé a eu la bonté de permettre que je visse une dernière fois au parloir ma mère, le bon Jacques Lormeau et Berthilde, sa fille; c'est encore du bonheur. Ensuite, que la volonté de Dieu soit faite!... Au revoir, mes frères, je suis attendu. »

Et, se dirigeant vers le cloître, il entra dans une longue galerie qui conduisait au parloir, coupé en deux par une grille à étroits losanges. Le portier venait d'y introduire Jacques Lormeau et sa fille. L'air calme du bourgeois et de Berthilde contrastait avec l'agitation de Diaire, qui avait eu soin de cacher à ses amis les conditions terribles d'après lesquelles il vivait encore. Alarmé en remarquant l'altération qui se lisait aisément sur les traits du jeune homme, Lormeau s'empressa de lui dire :

« Qu'as-tu donc ce matin, mon gars? je ne t'ai jamais vu si pâle.

— Ce n'est rien, maître, ce n'est rien; je vous suis reconnaissant de l'intérêt que vous me témoignez. Dieu vous garde, Berthilde !

— Et vous aussi, messire Diaire.

— Tu ne me dois pas de reconnaissance, reprit Lormeau. Quand ta mère est venue me trouver et m'apprendre que tu avais miraculeusement échappé à la mort, moi qui t'avais jusqu'alors interdit l'entrée de ma maison, parce que ton escarcelle me semblait fort peu garnie, je t'ai regardé comme destiné par la Providence à devenir mon gendre. Les larmes de ma fille ont un peu influé, j'en conviens, sur ma résolution.

— Bonne Berthilde !

— Et puis, ajouta le brave bourgeois, tu as tant de talent! Sais-tu qu'on ne parle à dix lieues à la ronde que de ta flèche? On s'en émerveille, et les jaloux ne seraient pas fâchés de faire croire que tu as des intelligences avec le malin esprit.

— Quand je ne serai plus, j'espère qu'ils laisseront ma mémoire en repos.

— Allons, s'écria Berthilde, voilà ses idées noires qui reprennent le dessus! Messire Diaire, pourquoi parler toujours de choses aussi tristes? Vous avez de la gloire, votre fortune est assurée, mon père veut même vous bailler la moitié de son bien... N'est-ce pas assez pour être heureux?

— Ce serait le ciel... Mais...

— Vous nous cachez un secret?

— Non, non...

— Déjà je m'en suis aperçue. Plusieurs fois vous avez essuyé des larmes à la dérobée; vos paroles mystérieuses, une souffrance que vous cherchez en vain à dissimuler, voilà les indices d'un chagrin réel. De grâce, ouvrez-nous votre cœur! Ne sommes-nous pas vos véritables amis?

— Ah! Berthilde, et vous, maître Lormeau, vous êtes, avec ma mère et le digne prieur de Souvigny, les êtres que j'aime le mieux. Qu'il est à envier le sort de ceux qui ne sont jamais séparés des objets de leur affection !

— Mon Dieu! pourquoi dites-vous cela? murmura la jeune fille avec un effroi involontaire. Sommes-nous donc destinés à ne plus nous revoir?

— On se revoit toujours quelque part... Mais d'où vient que ma mère ne vous a point accompagnés?

— Elle était malade, répondit Lormeau; nous

l'avons consolée en lui promettant de t'amener
bientôt.

— Bientôt?

— Sans doute. Ta flèche est presque achevée, rien
ne t'empêchera ensuite de quitter Souvigny.

— Vous avez raison : dès que la sainte croix sur-
montera l'aiguille de pierre, il faudra que je sorte
de l'abbaye.

— Très-bien ! Nous serons là..., nous t'atten-
drons.

— Non ; partez, partez, emmenez Berthilde, je
vous en supplie !

— En vérité, tu perds l'esprit.

— Je vous répète qu'il est temps de vous éloigner
tous deux. Adieu, Berthilde, adieu, messire Jacques;
dites à ma mère... »

Il ne put achever; un torrent de larmes inonda
son visage. Il se leva précipitamment de son siége,
et sortit du parloir sans oser se retourner pour voir
encore sa fiancée.

Revenu enfin à lui-même, et rougissant de sa faiblesse, il alla s'agenouiller devant la châsse de saint
Mayol. La prière lui fit du bien; il y puisa assez
d'énergie pour songer à monter au haut de la flèche,
que, ce jour-là même, il devait terminer.

Diaire gravit l'escalier qui menait au haut de la
flèche. Jusqu'alors il éprouvait une sorte de respect
pour son œuvre; il admirait dans cette œuvre l'inspiration que Dieu avait bien voulu donner à l'humble
serviteur qui l'avait dressée. Mais, ce jour-là, ses
sentiments s'étaient convertis en indifférence : la per-

fection du travail n'était pour Diaire qu'une cause de plus de désespoir; et chaque marche de l'escalier, en le rapprochant du faîte de la flèche, semblait le conduire à la mort. Lorsqu'il eut atteint le dernier degré, il posa près de lui une croix toute dorée qu'il avait apportée, et, joignant les mains, il promena ses regards sur l'immense horizon qui se déroulait autour de lui, et laissait voir à l'ouest les maisons de bois, les clochers de Moulins; au nord-ouest, les édifices de Bourbon-l'Archambault; au bas de Souvigny, les méandres du ruisseau de Guesnes; plus loin, le cours de l'Allier; et çà et là des étangs poissonneux, cette richesse du pays, de vastes forêts, des manoirs avec leur ceinture verte, des champs couverts de moissons dorées. Le soleil versait des flots de lumière sur une partie du paysage, tandis que l'autre demeurait encore dans une demi-teinte douce et mystérieuse. Autour de la flèche, des volées de pigeons ramiers décrivaient de gracieuses courbes, et le vent qui traversait les deux tours du monastère enlevait en passant un son mélancolique aux cloches qui y étaient suspendues.

Diaire demeura longtemps plongé dans ses sombres réflexions; enfin ces mots s'échappèrent de ses lèvres :

« Magnifique nature, que j'ai contemplée tant de fois du haut de cet édifice, adieu! bientôt je ne te verrai plus. Mon dernier jour est arrivé. Personne ici n'ignore cette destinée fatale à laquelle je ne puis me soustraire. Essayer de la fuir, ce serait manquer à un engagement sacré. Autant d'ordinaire on prend soin de vivre, autant je dois m'empresser de mourir. Je n'étais que l'instrument avec lequel mon œuvre s'opérait : l'œuvre achevée, on brise l'instrument, et tout est dit. Faut-il donc que, pour protéger ma misérable existence, de timides religieux engagent une lutte contre un homme aux volontés opiniâtres, et qui, après tout, a le bon droit de son côté ? — Et cependant, mourir si jeune, c'est bien cruel ! Comme ces deux années ont passé vite ! Comme la méditation et le travail les ont remplies ! En vain je regarde autour de moi : tout est achevé, il n'y a plus un coup de ciseau ou de marteau à donner. Je n'ai que cette croix à poser. Encore... un quart d'heure, et j'aurai fini ! — Si je voulais, je pourrais prétexter quelques derniers travaux; mais quoi ! je mentirais pour gagner deux à trois jours de plus! Dieu me préserve d'exister à ce prix! Seigneur, toi dont j'embrasse le signe tout-puissant, sois béni et daigne me recevoir dans ta miséricorde ! »

Les religieux tenaient les yeux fixés sur Diaire. Au moment où la croix surmonta la flèche, un mouvement subit eut lieu dans la foule, qui s'agenouilla et fit retentir une hymne que les cloches accompagnèrent à grandes volées.

Diaire avait retrouvé le courage du chrétien : il se prosterna devant le signe sacré de la rédemption, puis il descendit d'un pas égal l'escalier de la flèche; bientôt il fut au milieu de l'église, en présence du prieur, qui lui témoigna sa vive satisfaction.

« Je suis heureux, dit l'artiste, d'avoir rempli votre attente.

— O mon fils! vous l'avez dépassée. Dans ma jeunesse j'ai beaucoup voyagé, j'ai entrepris de longs pèlerinages, et nulle part je n'ai rien vu de comparable à cette aiguille qui s'élève avec tant de grâce au milieu des nuages.

— Je vous avais demandé deux ans; aujourd'hui même le terme expire; sans doute mon suzerain, le sire de Varcossy, a envoyé son écuyer Guillaume avec mission de se saisir de moi et de m'amener devant son tribunal. Une fois je me suis soustrait à cette vengeance; mais je ne dois plus essayer de fuir ma destinée. D'ailleurs, en abandonnant mon poste, j'avais commis une faute qui tôt ou tard devait être punie. Faites-moi donc conduire au lieu où l'on m'attend. Je ne suis plus l'artiste, je ne suis qu'un déserteur prêt à mourir pour expier son crime. »

Le vieillard pénétra dans la galerie qui conduisait au parloir. Arrivé devant la porte de la salle, il l'ouvrit et dit au jeune homme :

« Entrez. »

Diaire se précipita dans le parloir; le cœur lui battait violemment; son imagination lui représentait Guillaume et les archers à travers le voile de serge abaissé en ce moment sur la grille. Il tira vivement le rideau, qui, en glissant sur sa tringle de fer, laissa voir Berthilde et Jacques Lormeau agenouillés.

« Vous! grand Dieu! s'écria l'artiste. Je venais chercher mes bourreaux, et je trouve mes meilleurs amis... N'est-ce pas une vision? Oh! ne m'ôtez pas ma force, j'en ai besoin.

— Oui, mon fils, dit gravement le prieur, vous avez besoin de recueillir votre force, car j'ai à vous apprendre une nouvelle inespérée... Vous êtes sauvé !

— Sauvé ! répéta le jeune homme avec une sorte d'incrédulité. Quoi ! lorsque déjà l'abîme s'ouvrait sous mes pas... Berthilde, bénissez ce saint vieillard, c'est lui qui vous a conservé votre fiancé.

— Nous ignorions votre danger, murmura timidement la jeune fille ; en nous le révélant, on nous a appris qu'il avait cessé de vous menacer. »

Diaire, pénétré de reconnaissance, se prosterna aux pieds du prieur ; mais celui-ci s'empressa de le relever, l'embrassa affectueusement et lui dit :

« Ce n'est pas moi qu'il faut remercier : un brave soldat, qu'on nomme Christophe, ayant fini son temps de service, offrit au sire de Varcossy de te remplacer. Quant à moi, mes démarches m'étaient dictées par mon devoir de chrétien, de pasteur des fidèles. Longtemps elles sont demeurées infructueuses ; si elles ont réussi enfin, si tu peux embrasser ta mère et t'unir à ta fiancée, c'est que ton œuvre a plu au Maître de toutes choses, c'est que ta prière a été entendue de Dieu, vers qui elle s'élevait chaque jour avec la flèche que tu viens de surmonter du signe glorieux de la croix. »

LA GARGOUILLE DE ROUEN

I

Dans un de ces cachots sombres et humides tels
que le moyen âge nous les a légués, véritables cages
en pierres où un faible rayon de lumière se glissait
tremblant à travers l'interstice d'une meurtrière
garnie de barreaux, quatre hommes gisaient sur des
bottes de paille, et, selon l'usage des malheureux,
se plaignaient de leur sort. Trois d'entre eux surtout
n'épargnaient pas les imprécations à la Providence,
à la justice humaine; mais ils n'oubliaient qu'un
point : c'était de reconnaître qu'ils devaient surtout à eux-mêmes leur mauvaise fortune. Ainsi ils
eussent pu se dire que si, comme les bons habitants
de Rouen, ils avaient consacré leur vie à un labeur
honnête, au négoce persévérant, ils ne seraient pas,

à l'heure présente, sous une voûte de prison, avec
les fers aux pieds et aux mains; qu'ils auraient eux
aussi un toit, une compagne, des enfants, toutes
les douceurs de la famille, sourires naïfs, petites
voix tendres, conscience satisfaite. Non, leur conscience, à eux, était endormie, ou plutôt ils avaient
fini par la tuer, ils n'en avaient plus. Il y a eu toujours, toujours il y aura de ces brutes à visage humain qui, dans les mystérieux et adorables desseins
de Dieu, doivent sans doute servir d'épouvantail au
reste des hommes.

Les heures sonnèrent à l'horloge de la cathédrale...,
et les heures sonnent différemment, selon l'état d'esprit de ceux qui entendent leur timbre retentissant.
Aux uns elles disent le devoir accompli ou le devoir
à remplir; elles donnent le signal du délassement,
celui des réunions intimes; elles carillonnent pour
la danse, elles fêtent le repas des fiançailles; ce sont
enfin de joyeuses messagères ailées qui apportent et
font descendre du haut du clocher bien-aimé la nouvelle du mariage de la jeune fille ou de la naissance
de l'enfant. Pour les autres, ce sont des témoins re-
doutables, des accusatrices qui disent : « Qu'avez-
vous fait de nos compagnes qui nous ont précédées?
Que ferez-vous aussi de nous? » A ceux-là, les heures
jettent lentement, lentement, un glas funèbre; elles
semblent pleurer sur des existences volontairement
détruites.

Voilà pourquoi les prisonniers, en entendant la
voix du cadran, froncèrent le sourcil, fermèrent con-
vulsivement le poing, et, secouant leur chaîne avec

fracas, s'agitèrent sur la paille qui leur servait de couche.

« Holà! holà! cria, à travers un guichet, une voix rude et menaçante, ne faites pas tant de bruit, compagnons.

— Passe ton chemin, geôlier de malheur!... répondit du dedans Corniquet l'assassin.

— Va, répliqua l'autre, tu as beau grincer des dents, mon homme, ton affaire est faite. La corde qui te suspendra entre le ciel et la terre est tissée avec du chanvre solide, et je crois, mon gaillard, qu'elle ne tardera pas à te servir. »

Là-dessus, sans attendre d'autre réponse, Jacques le geôlier referma le guichet et s'éloigna le long du couloir en laissant échapper un gros rire.

Ah! s'il eût eu au cœur la douce charité, la pitié si chrétienne de sa fille Brigitte, un ange du bon Dieu qui vivait dans une prison et l'éclairait de sa lumière, il n'eût pu répondre par ce rire narquois, même aux imprécations, même aux injures. Brigitte était admirable de vertu et de foi. Dans toute la ville de Rouen, il n'était bruit que de cette candeur et de cette piété qui cependant s'ignoraient.

Après cet incident, il y eut dans le cachot un moment de stupeur marqué par un de ces silences dont l'éloquence est plus pénétrante que celle de toutes les paroles du monde.

« Le gueux! le brigand!... murmura enfin Corniquet en passant la main dans sa longue barbe rousse. Ah! si j'avais dix minutes de liberté à moi et mon

large *coutil* à ma ceinture, j'aurais bientôt raison de
ce damné fanfaron !

— Tu dis vrai, ajouta Péchu. Qu'a-t-il à nous
reprocher ? Nous avions besoin de gagner notre vie.
Chacun la gagne à sa manière. Moi, ça m'ennuyait
de travailler dans une échoppe d'artisan ; j'avais soif
de grand air...

— Ce n'est pas ici que tu en trouveras, dit en
riant Pierre Gratien, le troisième bandit.

— Dame ! on n'a pas non plus consulté mon goût
pour m'y mettre. Encore, s'il y avait moyen de songer
à s'échapper !... Mais ces murs sont si épais !...

— Eh bien ! résignons-nous et attendons notre
sort, reprit Corniquet. Mais à quoi pense donc cet
oison qui est là-bas dans son coin et qu'on nous a
amené ce matin? Hé ! Gilot, Gilot l'*innocent*, est-ce
que tu pleures ton papa et ta maman?... Réponds
donc, ou je t'*assomme* ! »

Celui à qui cette question brusque avait été adressée
était un jeune homme de vingt-deux ans à peine. Sa
physionomie n'offrait aucun de ces caractères d'en-
durcissement qui épouvantent chez les grands cou-
pables. Il y avait même de la douceur dans sa pru-
nelle bleue, dans ses longs cheveux blonds, et de la
grâce dans sa taille élancée et souple. On eût cru voir
en lui plutôt un fils de châtelain qu'un de ces malheureux à la naissance vulgaire qui viennent en ce
monde pour remplir un rôle obscur. Et cependant,
malgré son apparente douceur, cet homme devait,
selon toute certitude, avoir commis une mauvaise
action, un crime peut-être, pour se trouver en ce

lieu, où l'on ne renfermait que des bandits con‑
damnés à la peine capitale.

Interpellé une seconde fois avec une brutalité qui
ressemblait à de la fureur, il se décida à répondre,
d'une voix faible et traînante :

« Ayez compassion de ma peine, et, si je ne devise
pas avec vous, ne voyez point en cela de mépris.
Hélas! je n'ai le droit de mépriser personne. Vous
me demandez qui je pleure?... Ce n'est pas assuré‑
ment les parents que je n'ai jamais connus...; car j'ai
été trouvé abandonné sur la place publique et élevé
par la charité de quelques braves gens. Comment
ai‑je grandi? C'est un miracle. Ce qu'il y a de cer‑
tain, c'est que je suis devenu un homme. Mais on
s'était contenté de me jeter un morceau de pain, une
vieille défroque; nul ne m'avait enseigné à gagner
honnêtement ma vie. Si bien qu'à l'âge où l'on ne
saurait plus être nourri par les dons de la pitié, je ne
pouvais pas par le travail suffire à mes besoins. De bons
religieux m'offrirent bien souvent de me recueillir.
Mais un instinct secret m'entraînait vers la liberté.
Je n'avais pas pris à temps l'habitude précieuse du
labeur; et parce qu'on ne m'avait pas dirigé vers un
but utile, je me trouvais n'être propre à rien...

— Qu'à voler !... s'écria Péchu avec une grimace
satanique; et tu as volé, mon homme?... »

Gilot bassa la tête.

« Tu as volé, n'est-ce pas?... Tu peux bien l'avouer
sans crainte : tu n'es pas ici dans la confrérie des
Saints.

— Eh bien, oui, j'ai eu cette male aventure. Et

plût à Dieu que j'eusse été arrêté par les archers la première fois que je commençai ce métier d'enfer! J'aurais moins de méfaits à me reprocher. Mais non, j'eus au commencement une chance incroyable. »

Ici les trois bandits se mirent à écouter avec le plus vif intérêt.

« Je volai d'abord un mercier de la place du Vieux-Marché. C'était en plein jour. Je profitai du moment où, sous le poids de la chaleur, le brave homme s'était endormi, pour tirer de son bahut un gros sac d'argent que je l'y avais vu mettre. Je volai ensuite tantôt d'autres marchands, tantôt des bourgeois.

— Toujours avec succès, dit Corniquet; mais enfin tu t'es laissé attraper, beau merle. »

Les trois brigands firent éclater un rire bruyant. On n'eût pas dit les mêmes hommes qui, dix minutes auparavant, s'abandonnaient à un désespoir plein d'imprécations.

« J'en conviens, reprit Gilot; j'ai été saisi en flagrant délit au moment où, chez un juif opulent, je fracturais un coffre...

— Chez un juif!... œuvre pie!

— La justice n'a pas été de votre avis, mon maître. Et me voilà condamné à être branché.

— Amen. Du moins, si nous sommes exécutés le même jour, ce sera une consolation pour toi. En nous voyant accrocher à la potence, tu apprendras à mourir en homme de cœur, quoique tu n'aies pas encore grand'barbe au menton.

— Bien dit! s'écria Gilot; puisque je n'ai été bon

à rien en ce monde, que personne ne m'a aimé et que je n'ai aimé personne, je n'ai que faire de conserver plus longtemps une vie inutile. »

Après cette déclaration, dans laquelle il avait mis le reste de son énergie, il s'adossa à la muraille et s'abandonna de nouveau à ses réflexions.

L'heure était venue où les prisonniers avaient la faculté de descendre au préau pour y humer quelques rayons de soleil. Jacques entra dans le cachot et dit de son ton goguenard :

« Allons, mes chevaliers de la hart, allons, mes tire-laine, s'il vous plaît de prendre un peu d'exercice, vous pouvez descendre en ma compagnie et vous réchauffer au feu du ciel, qui vaut tous ceux de la Saint-Jean. »

Trois cris de joie saluèrent la proposition. Seul Gilot ne bougea point.

« Ah çà! est-ce que tu ne viens pas comme eux? demanda le geôlier secouant rudement le jeune homme.

— Je n'ai garde, murmura faiblement celui-ci. Pas n'est besoin que je me donne des douceurs, quand je dois m'apprêter à comparaître devant mon Juge d'en haut.

— C'est un fou! dit Corniquet; ne nous attardons pas à l'ouïr. Nous n'avons pas trop de temps pour respirer. »

Malgré les représentations de maître Jacques, le jeune condamné persista à rester dans son angle froid et ténébreux. Ses compagnons partirent, la porte se referma, et bientôt le silence ne fut plus troublé que

par les sanglots de l'infortuné Gilot, qui profitait de
sa solitude pour épancher devant Dieu les remords
de son âme malade.

A cette crise succéda, selon l'ordre naturel, une
prostration qui amena un léger assoupissement.

Soudain Gilot est réveillé par le bruit des verrous
extérieurs qu'on tire avec précaution. Il tressaille,
mais sans remuer, car il pense que ce sont ses compagnons qui rentrent. La porte s'ouvre..., une forme
blanche se glisse dans le cachot, et une voix qui a la
douceur de celle qu'on prête aux anges dit d'une
manière distincte :

« Pauvre prisonnier, espère !... »

Non, quand le cachot de saint Pierre fut illuminé
par l'auréole des deux messagers célestes envoyés
par Dieu en libérateurs, il ne s'éclaira pas d'une lumière plus vive que le parut, aux yeux de Gilot, la
clarté jetée dans sa triste cellule ! Sur le seuil était,
toute tremblante d'émotion, mais, en même temps,
forte de sa vertu et de sa bonne intention, une jeune
fille aux traits purs et modestes. Elle tenait la croix
de son rosaire, comme pour indiquer au prisonnier
de quelle part elle venait. Gilot se souleva sur le
coude et se mit à contempler cette image merveilleuse. Il ne pouvait en croire ses yeux. Comment
son désert s'était-il animé subitement ? D'où était
descendue cette apparition divine ? Par quelle faveur inouïe lui était-il accordé, à lui, le méchant,
le voleur relaps, l'infâme, de recevoir une consolation si grande ?...

« Pauvre prisonnier, espère !... » répéta le doux

fantôme avant que le jeune homme eût pu appeler un seul mot sur ses lèvres contractées.

Alors Gilot, profondément touché, recouvra la parole en pouvant pleurer. Il joignit ses mains lourdement chargées de fers, et s'écria :

« Est-ce vous, ô sainte Vierge! qui daignez me visiter, pour soutenir et consoler un misérable indigne de votre faveur? Oh! ma plainte a donc été entendue de vous! mes remords vous ont donc attendrie!... »

Il voulut s'agenouiller ensuite; mais le fantôme l'arrêta d'un geste.

« Tu te trompes, prisonnier, dit la douce voix; je ne suis pas notre mère à tous, la sainte Vierge; je ne suis qu'une humble femme qui prie matin et soir en faveur des malheureux. Mon nom est Brigitte; je suis la fille du geôlier Jacques Landriot. Je sais ton histoire; j'ai entendu parler de ton repentir, et je viens t'apporter une bonne nouvelle.

—Une bonne nouvelle... à moi! c'est impossible, dit Gilot en secouant la tête et en levant les yeux vers la voûte.

— Il ne faut jamais s'abandonner, jamais désespérer. Prie, jeune homme; prie avec confiance, avec ferveur, et Dieu pourra te prendre en pitié. C'est si doux, si consolant de prier dans toute la ferveur de son âme!

—Oh! je prierai, je vous le promets; mais plutôt parce que c'est un besoin pour moi que par l'espoir d'en être récompensé. Je n'ai droit à rien, hélas! Je n'attends rien de Dieu. Mais parlez, parlez, je vous écoute... »

La jeune fille avait retourné la tête. Elle prêtait l'oreille à un bruit lointain.

« Non, dit-elle, on peut venir d'un moment à l'autre. Tout serait perdu. Restez encore demain, à pareille heure, dans votre cachot; je reviendrai, et alors je vous dirai ce que j'ai à vous dire. »

En achevant ces mots, Brigitte disparut; le prisonnier l'entendit refermer soigneusement la lourde porte, et il retomba sur sa paille en se demandant s'il n'avait pas fait un rêve.

Peu d'instants après, les compagnons revinrent. Leurs plaisanteries grossières avaient beau jeu à s'exercer contre un sot qui n'avait pas voulu profiter d'une bonne occasion pour sortir de son fumier et de ses toiles d'araignées.

« Ah! ah! disait Péchu, le drôle se complaît ici; il paraît qu'il trouve le pourpris agréable.

— On a bien fait alors, par Satan! de le mettre dans la géhenne, » disait Corniquet.

Et Gratien ajouta :

« Comment fera-t-il pour se déranger quand on viendra à cette fin de le pendre?... S'il pouvait y envoyer quelqu'un à sa place!... »

Gilot écoutait froidement ces misérables lazzi, qui effleuraient ses oreilles sans pénétrer jusqu'à son esprit. Une pensée unique le dominait :

« *Elle* reviendra demain!... Demain je saurai la *bonne nouvelle!*... »

II

Le lendemain était venu sans ramener le temps splendide de la veille. Dès le matin, des nuages gris et lourds avaient couvert la ville. Une pluie froide et abondante se mit à tomber sans intervalle. Les prisonniers, invités à se rendre au préau, préférèrent leur cachot obscur, mais sec. Force fut donc au pauvre Gilot de se résigner, de s'armer de patience. Il espérait que le temps, en se rassérénant, lui rendrait quelques moments de solitude, pendant lesquels sa protectrice pourrait venir le visiter. Son esprit était à la recherche d'un problème insoluble : il interrogeait sans cesse le véritable sens des paroles mystérieuses de la jeune fille, et il ne pouvait leur en assigner aucun. Était-ce une simple consolation qu'elle avait voulu donner au prisonnier, ou bien une espérance réelle? N'était-ce pas de la folie que de s'attacher à ces quelques mots jetés peut-être par la pitié? N'avait-il pas à craindre qu'un espoir mal fondé n'affaiblît sa résolution?

Cependant, en s'interrogeant, Gilot se trouvait relevé à ses propres yeux depuis qu'un être si pur avait daigné s'intéresser à son sort. C'était la première fois qu'on lui parlait avec cette douceur. Hélas! et il appréciait la bonté, la charité, la vertu, au moment où il allait mourir!

Passant de là à un autre ordre d'idées qui se rattachait du reste au premier, il se demandait avec effroi ce qu'il avait fait des vingt-deux années qu'il avait vécu. Quelle angoisse il ressentait de ne pouvoir rien trouver dans son passé qui rachetât des actions odieuses et réprouvées par Dieu!

« Non, se disait-il, je ne mérite pas la pitié de cette enfant! J'ai marché dans le chemin du mal; j'y suis entré jusqu'à la fange, et j'ai fini par tomber... Pourquoi cette main généreuse me relèverait-elle?... D'ailleurs, ce n'est plus possible. Je suis condamné : tout est fini pour moi! »

C'est à cette dernière et décourageante pensée qu'il en était, lorsqu'au bout de trois jours il aperçut par la lucarne un rayon de soleil qui pénétrait dans le cachot. Il jeta un cri de joie.

« Qu'a donc cet imbécile à nous réveiller?... grommela Corniquet, qui faisait sa seconde sieste.

— Il fait beau!... Il fait beau! » s'écria le jeune homme.

Corniquet leva nonchalamment les yeux.

« Oui, il fait beau. Rouen a été suffisamment arrosé. Eh bien! après? »

Gilot garda le silence.

« Après?... répéta Corniquet en grossissant sa voix et fronçant les sourcils.

— Vous pourrez vous promener dans le préau.

— La belle affaire!... dit Péchu. On croirait que tu as, en effet, envie de nous envoyer promener. Ah çà! camarade, est-ce que tu te crois un noble sire, pour ne pas sortir avec nous? Il faudra bien, cette fois, que tu nous accompagnes! »

A cette intimation, Gilot sentit courir dans ses veines un froid mortel. Il n'osa pas opposer une résistance ouverte, et il promit de suivre ses *chers* compagnons.

« A la bonne heure!... dit Corniquet. Autrement, ça se serait mal passé. »

Fidèle au règlement de la prison, Jacques vint ouvrir la porte et inviter les condamnés à descendre au préau. C'était le moment. Corniquet, Péchu et Gratien se levèrent avec empressement. Gilot seul resta couché.

« Allons, Gilot, dit Jacques, nous n'avons pas le temps d'attendre.

— Et moi, dit le jeune homme, je n'ai pas la force de vous suivre. Je suis malade.

— Chansons! chansons! s'écria Corniquet. Ce rusé clerc n'est pas plus malade que vous et moi. Seulement, il lui a pris un caprice, c'est de ne point nous accompagner. Et nous, de notre côté, nous avons juré que nous ne descendrions pas sans lui.

— Vous avez juré que si je ne vous accompagnais pas vous me feriez un mauvais parti. Allez donc sans moi, quittes à me battre, à me tuer quand vous reviendrez. Je ne tiens pas à la vie. »

Corniquet frappa du pied, et, fermant les poings avec rage, fit mine de s'élancer sur le jeune homme.

« Halte-là! dit Jacques en tirant sa dague. Le premier qui bouge aura ceci dans le cœur. Je n'ai pas le droit de forcer le prisonnier à descendre au préau; vous ne l'avez pas davantage; et que personne ne s'avise de le molester. Nous avons en bas des archers qui vous mettraient bientôt à la raison. »

Les trois prisonniers durent sortir en murmurant de sourdes menaces. Enfin Gilot était seul !

Il n'eut pas longtemps à attendre. On s'approcha doucement de la porte ; les verrous furent tirés ; Brigitte parut de nouveau sur le seuil.

Elle montrait toujours cet air compatissant qui avait tant ému le pauvre Gilot, et lui avait révélé tout un monde d'idées généreuses. Il attendit en silence ce qu'elle allait lui apprendre ; d'ailleurs, le respect enchaînait sa parole.

« Écoutez, dit-elle, avez-vous entendu parler du *Privilége de la Fierte?*

— Jamais.

— Je vais vous l'apprendre. Soyez bien attentif, car nous avons peu de temps. Jadis, dans un marécage, près de Rouen, il y eut un énorme serpent, si grand et si terrible, qu'il dévorait les hommes, outre que par son haleine pestilentielle il corrompait l'air dans tout le pays. Nul n'osait le combattre. Seul, l'évêque de Rouen, saint Romain, eut ce courage. Il promit de tuer le serpent, et demanda si quelqu'un voulait l'accompagner. Personne ne s'y hasarda sauf un criminel condamné à mort, comme vous, pour ses nombreux méfaits. Ce malheureux n'avait rien à perdre, puisqu'il devait bientôt subir son supplice, et, au contraire, le saint lui promit sa grâce si l'entreprise réussissait. L'évêque et le criminel se rendirent au bord du marécage ; à leur vue, le serpent se mit à siffler affreusement. Mais saint Romain désarma la bête par la puissance du signe de la croix ; ensuite il lui

passa son étole autour du cou, et ordonna au prisonnier de la conduire en cet état jusqu'à la ville.
Là le serpent fut brûlé publiquement, et l'on jeta
ses cendres dans la Seine. Dagobert, qui régnait
alors, ayant ouï parler de ce miracle, manda saint
Romain à sa cour. Émerveillé au récit que lui fit
le prélat, Dagobert ordonna qu'en mémoire de ce
miracle l'église de la cathédrale de Rouen eût le
privilége, — écoutez bien ! — le privilége de délivrer tous les ans un prisonnier le jour de l'Ascension ; car c'était le jour où le serpent avait été pris
et tué. Ce privilége a été sanctionné depuis des
siècles par lettres patentes des rois et ducs, et par
les arrêts des cours souveraines. Dans quinze jours
aura lieu la cérémonie de la *Gargouille* (1). Ce
jour-là un prisonnier sera délivré. Si c'était vous !
Le ciel me l'a fait pressentir. Jusque-là je prierai
pour votre salut.

— O bon ange, s'écria le condamné, c'est votre
charité qui vous a parlé en ma faveur. Mais, de
grâce, ne me montrez pas cette lueur inespérée !
D'ailleurs, je ne suis pas digne de vivre, et il vaut
mieux que je meure avec résignation, puisque j'ai été
un sujet de scandale pour les hommes.

— Ne dites pas cela. Seulement, faites une promesse pour que je sache si ma vision s'accomplira
tout entière.

— Une promesse ?

— Oui. Si la Providence vous désignait aux vé-

(1) C'est le nom que le peuple de Rouen avait donné au dra-
gon de saint Romain.

nérables prêtres qui choisiront le prisonnier à délivrer, vous, engagez-vous par le serment le plus
sacré, à vivre désormais honnêtement dans la
crainte du Seigneur et l'observation de sa loi, dé-
testant le crime, le vol, la félonie, pratiquant le
travail et n'attendant votre pain que de l'œuvre de
vos mains et de la sueur de votre front? Le promet-
tez-vous?

— Je le promets, » dit fermement le prisonnier.
Il ajouta d'un ton d'amertume :

« A quoi bon, puisque je vais bientôt mourir?

— Du moins, si vous avez parlé sincèrement,
cette déclaration pèsera dans la balance de Dieu.

— Eh bien, je le promets, demoiselle Brigitte, et
je suis heureux de le promettre. Je confesse que j'ai
été un misérable; mais je désire avoir le temps de
prouver par ma conduite combien je me repens de
mes fautes. »

Dans l'émotion qu'ils éprouvaient l'un et l'autre,
ils n'avaient point entendu un pas furtif. Il y avait
un homme que la curiosité avait ramené dans le
corridor; car il s'était demandé pourquoi le jeune
prisonnier avait obstinément refusé de suivre ses
compagnons, et il avait jugé qu'il fallait un motif
secret pour préférer l'ombre au soleil, l'humidité
à la chaleur.

Sa surprise faillit le suffoquer lorsqu'il aperçut sa
fille en conférence avec ce malheureux. Au premier
moment, l'orgueil du porte-clefs se révolta. Une réflexion plus sage arrêta l'explosion de son courroux;
et, après avoir attendu et un peu écouté, maître

Jacques comprit de quoi il s'agissait. Tout grossier
qu'il était cet homme avait du cœur et de la foi : il
jugea que sa fille, — cette fille qu'il aimait tant ! —
venait de remplir un apostolat, et quelque chose lui
dit de respecter cette mission que Brigitte pouvait
avoir reçue du Ciel. Il fit plus. Pour ne point trou-
bler cette pieuse enfant et ne pas s'immiscer lui-
même avec témérité dans les choses de Dieu, il se
retira sur la pointe du pied jusqu'à l'entrée du
corridor ténébreux, où il se posta de nouveau afin
d'observer le départ de sa fille. Ce ne fut pas long.
Brigitte, s'étant agenouillée, récita une oraison avec
le prisonnier ; puis elle lui dit : *Adieu,* ferma et ver-
rouilla bien prudemment la porte, et se mit à suivre
le corridor dans la direction de l'endroit où était
son père. A la vue de celui-ci, elle jeta un cri d'effroi. Mais déjà maître Jacques la pressait sur son
cœur.

« Chère enfant, disait-il, garde-toi de toute
crainte. Je sais le dessein que Dieu t'a inspiré, et j'y
applaudis. Tu ne pourras pas sauver ce malheureux,
car ce serait un prodige si parmi tant de prisonniers
c'était lui qu'on choisît pour le délivrer ; mais du
moins tu lui auras inspiré des pensées pieuses et du
repentir. Fasse le Ciel maintenant que les mauvais
propos de ses compagnons ne le détournent pas de
la bonne voie où il veut rentrer !

— Il y rentrera, mon père, il y rentrera, et j'ose
croire qu'il n'en sortira plus.

— Il n'en aurait guère le temps, » pensa le père.
Mais il garda pour lui cette réflexion.

De son côté, Gilot n'avait pas quitté l'attitude
humble de la prière, et il ne la quitta pas davantage
quand Péchu, Gratien et Corniquet rentrèrent dans
le cachot avec le dessein bien arrêté d'avance de
férir ce malencontreux compagnon. Qu'avaient-ils à
craindre pour un crime de plus? Déjà n'étaient-ils
pas bien et dûment condamnés à mort? Ils avaient
concerté leur coup, et ils étaient décidés à ne pas
faire grâce. Cependant l'attitude de leur victime leur
imposait un certain respect. Involontairement ils
n'osaient frapper un homme qui priait.

Lorsqu'ils eurent assez attendu pour que leur patience fût lasse, un cri rauque s'échappa simultané-
ment de leurs poitrines; — le cri que doit pousser le
tigre dans les jungles du Bengale quand sa proie est
à portée de ses dents et de ses griffes.

« Ah çà! dit Corniquet, le vrai chef de la bande,
sera-ce bientôt fini ces momeries-là?... Prie, mon
garçon, prie, tu n'en échapperas pas davantage à
la mort. Car, outre qu'elle t'est réservée sur le
gibet, il y a ici des hommes que tu as méprisés et qui
vont régler leur compte avec toi. »

Gilot releva son visage pâle et fatigué, et répondit
sans manifester la moindre crainte :

« Je vous connais, et je savais ce que vous me ré-
serviez. Vengez-vous, je suis prêt. J'ai invoqué la
miséricorde de Dieu.

— Voyez-vous cet avorton, s'écria Péchu, il nous
brave en face!... A sac! à sac!...

— Vous êtes des hommes sans pitié, dit le jeune

homme; vous demander merci serait inutile. Encore
une fois frappez, je n'ai pas peur de vous.

— Ah! tu fais l'insolent, reprit Corniquet; eh
bien! va donc nous annoncer chez le diable! »

A ces mots, les trois bandits rassemblèrent les
chaînes qui leur liaient les bras, afin de leur imprimer
un mouvement de rotation et de s'en servir comme
d'assommoir.

Le jeune homme retomba à genoux et attendit la
mort, les mains jointes.

III

Voici que la porte s'ouvrit avec fracas; Jacques
parut, accompagné de sept ou huit archers, qui com-
mencèrent par appliquer de grands coups du bois de
leur piques sur les épaules de Corniquet et de ses deux
acolytes, lesquels poussèrent des hurlements féroces.

« Oh! oh! dit Jacques avec un ricanement, c'est
donc ainsi que l'on se comporte dans la prison!...
Mes petits agneaux, vous trouverez bon qu'on em-
mène ce garçon en lieu de sûreté. Votre logis n'est
pas sain pour lui. Viens, Gilot. Je suis arrivé à temps,
j'espère!... Et quant à vous autres, ne soyez point
étonnés si je ne vous recommande pas au prône pour
la grande fête de la *Gargouille!* »

Or, pendant que se passaient ces événements, les
formalités solennelles avaient eu lieu dans la bonne
ville de Rouen.

Quatre chanoines, suivis de quatre chapelains qui
étaient revêtus de leurs surplis et de leurs aumusses,

et précédés du bedeau du chapitre, s'étaient rendus
en la grand'chambre du parlement, puis au bailliage
et à la cour des aides : là, en vertu du *privilége de la
Fierte*, ils avaient sommé les officiers du roi de sur-
seoir à toute mesure de rigueur contre les criminels
détenus à cette heure dans les prisons de la ville.

Durant trois jours, c'est-à-dire les lundi, mardi et
mercredi des Rogations, l'archevêque et son chapitre
envoyèrent deux chanoines et deux chapelains, accompagnés d'un tabellion, à l'effet de visiter succes-
sivement toutes les prisons, d'y interroger tous les
prévenus, et de recevoir leurs dépositions.

Lorsqu'on arriva au cachot où Gilot était maintenant enfermé seul, on fut frappé de l'air de sérénité
qui régnait sur les traits du jeune homme. Il n'eût pas
été question de lui qu'il n'eût point paru plus calme.

« Est-ce qu'on s'est trompé ? demanda l'un des
chanoines. Celui-ci aurait-il été enfermé par erreur ?

— Non, mon père, se hâta de dire le prisonnier.
Ce n'est nullement par erreur qu'on m'a enfermé ici.
J'ai mérité mon sort et je mérite pis encore. J'ai vécu
jusqu'à l'âge de vingt-deux ans sans avoir la conscience du bien ; j'ai été un vagabond, un voleur. Je
n'ai su me servir de mes bras que pour m'approprier
ce qui était à autrui. Condamné à mort, je subirai
mon supplice sans me plaindre. Que votre miséricorde tombe sur un plus digne que moi ! »

Et tandis qu'il parlait, des larmes roulaient dans
ses yeux, et tandis qu'il versait ces larmes bienfai-
santes, il se disait avec désespoir combien étaient
enviables ces garçons honnêtes qui n'avaient jamais

manqué au devoir, et il entrevoyait le bonheur de
celui qui conduirait Brigitte à l'autel. On pouvait le
sauver, *lui*; mais pouvait-on effacer sa souillure? Il
n'y a que le ciel où le repentir gagne de telles grâces.

Les envoyés se retirèrent sans proférer un mot,
après avoir consigné par écrit leurs observations.

Dans le cachot où Gratien, Corniquet et Péchu
étaient enfermés, les vénérables chanoines et chapelains n'essuyèrent que des insultes.

« Laissez-nous tranquilles avec votre *Gargouille!*
dit Corniquet. Nous ne vous demandons rien; mais
nous pouvons vous donner un avis utile: méfiez-vous
d'un hypocrite qui est logé ici et qu'on appelle Gilot.
Il dit des patenôtres pour échapper à la corde. C'est
le plus fieffé larron qu'il y ait dans toute la Norman-
die. Si on a le malheur de le lâcher, il recommen-
cera de plus belle ses brigandages. »

Les envoyés ne répondirent rien et se contentèrent
de consigner encore par écrit leurs observations; puis
ils se retirèrent, salués par le rire grossier des trois
compagnons. Mais ces derniers n'avaient pas vu Brigitte, qui, grave et recueillie, aborda les envoyés et
ne craignait pas de leur confier ce qu'elle appelait sa
mission.

Le jour de l'Ascension, cher à tous les chrétiens,
était venu. Dès sept heures du matin, la cathédrale,
où s'étaient assemblés les chanoines, retentissait du
sublime appel: *Veni, creator Spiritus.* Ensuite fut
prononcé le serment solennel de ne rien révéler des
dépositions qui auraient été faites par les prisonniers.
On lut alors à haute voix ces dépositions; puis un long

débat s'engagea. Mais ce débat n'eut lieu que pour la forme : car, dès le premier moment, il y eut accord tacite sur le nom du criminel qui devait être délivré.

Le silence s'étant rétabli, une voix proclama cette sentence :

« Grâce sera faite à Jean-Marcel Gilot ! »

Ce n'était pas tout : ce nom fut adressé, sous scel, à Messieurs du parlement, qui, dans l'attente de la communication du chapitre, étaient en la grand'-chambre avec leurs robes rouges. Le parlement prit connaissance de la décision capitulaire, et, en conséquence, ordonna immédiatement l'élargissement du prisonnier.

Il était trois heures de l'après-midi quand Gilot entendit un bruit confus de voix et vit apparaître Jacques rempli de joie et Brigitte illuminée par le rayon de la charité.

« Vous êtes libre !... dit la jeune fille. J'ai demandé la faveur de vous annoncer *la bonne nouvelle*.

— Oh ! merci, ange de la terre ! murmura le gracié. C'est à vos prières que je dois ce bien précieux dont je n'étais pas digne.

— Vous en serez digne par l'usage que vous en ferez. Êtes-vous résolu à vivre en chrétien ?

— Oui..., je le prouverai !

— Allons, garçon, dit maître Jacques en s'approchant, il faut subir une dernière épreuve, la pénitence publique.

— Je la subirai volontiers, répondit Gilot, surtout si ma protectrice est là.

— J'y serai, dit Brigitte, je ne vous quitterai qu'au seuil de la liberté. »

Aussitôt le jeune homme fut amené, tête nue et les fers aux pieds. La foule inondait la place, et battit des mains à la vue de celui que la clémence religieuse faisait passer de la mort à la vie. Arrivé au lieu où était déposée la châsse de saint Romain, Gilot se confessa publiquement et fut délivré de ses fers. Alors il prit un des brancards de la châsse, et la procession commença son défilé par les rues étroites de la ville. En avant de la châsse, un homme portait, au bout d'une perche, l'image de la *Gargouille* qui recevait toutes les malédictions publiques et à qui les petits enfants montraient le poing. Brigitte, couverte d'un voile, n'avait cessé de marcher à côté de Gilot, que tout le monde désignait en disant : « Voilà celui qui a échappé à la potence, en vertu du *privilège de la Fierte!*... Vive notre grand saint Romain!... »

De retour à la cathédrale, on célébra la messe, malgré l'heure avancée; et, durant le saint sacrifice, le gracié s'agenouilla, suivant la coutume, devant chaque chanoine pour lui demander pardon. Conduit ensuite à la maison du maître de la confrérie de Saint-Romain, Gilot y prit une collation, tout en écoutant le prieur du monastère de Bonne-Nouvelle, qui lui faisait une exhortation sur ses crimes et sur la faveur immense qu'il avait reçue du souverain, à la prière de l'Église.

Tout étant fini, le jeune homme eut un moment de défaillance.

« Hélas! dit-il, je rentre dans le monde pour y être seul, sans famille et sans amis...

— Non, dit Brigitte, qui se trouva avec son père au bas des marches de la maison. Vous ne serez plus seul; car vous avez appris à aimer Dieu, à le prier, et c'est à lui que vous vous adresserez dans vos peines. Des amis? vous en avez en nous.

— O ma bienfaitrice!

— Il s'agit maintenant pour toi de travailler, dit à son tour le brave Jacques. Viens, mon garçon, accompagne-nous jusqu'au bord de la rivière. »

Gilot les suivit docilement. Tous trois marchaient rapidement en silence.

Quand ils furent près de l'eau, Jacques montra un bateau neuf, pourvu de sa voile et de ses rames.

« Voilà, dit-il, ce que ma Brigitte t'a acheté sur ses épargnes. Ah! dame, elle a du cœur, ma Brigitte. Toi, tu as des bras vigoureux, et si tu manœuvres bien, tu gagneras bon nombre d'écus à la rose avec ton batelet. Va, Gilot, et viens nous voir tous les dimanches.

— Comment m'acquitter envers vous?... s'écria le gracié avec reconnaissance.

— En restant honnête homme et bon chrétien, » répondit Brigitte.

Le gracié sauta dans le bateau, qu'il fit tourner lestement, tandis que Brigitte et son père s'éloignaient en adressant de la main un dernier signe d'amitié à celui qui ne s'écarta jamais du droit sentier où il était rentré.

L'EX-VOTO

SOUVENIR DE DIEPPE

I

LES POLLETAIS

En arrivant à Dieppe, le voyageur n'a pas de soin plus cher et plus pressé que de courir vers cette large plage fermée à droite et à gauche par d'imposantes falaises et décorée du magnifique établissement des bains. Là, ayant derrière lui les beaux hôtels, les délicieuses villas de la rue Aguado, assis sur un des bancs du jardin de la ville, savourant la brise parfumée que lui apporte l'Océan, il laisse, dans un doux repos, ses regards se perdre sur l'étendue incommensurable de cette plaine liquide qui reflète l'azur du ciel et les feux du soleil. Charmant *far niente* plein d'une rêverie poétique où l'homme prend possession de ce que Dieu a fait de plus mystérieux et de plus sublime! Oh! comme alors la

pensée a des ailes ! comme elle court et glisse sur la
surface écumante de ces vagues qui se succèdent
avec un ordre majestueux, et, après avoir grondé
terribles, viennent caressantes expirer sur le galet !

Ce n'est pas non plus chose d'un intérêt médiocre
que de voir les bâtiments s'éloigner de la jetée après
avoir franchi les bassins intérieurs et, ballottés de
la proue à la poupe, secoués par le roulis, gagner
la pleine mer. Vous entendez de loin sur le quai le
bruit des sabots, des galoches, le murmure des
voix : ce sont les pauvres gens, les bonnes gens de
la ville, les hommes, femmes et enfants du port qui
courent aussi loin que possible et jettent leurs adieux
aux partants. La plupart du temps, les bâtiments
qui quittent Dieppe ne sont pas de ces brillants *stea-
mers* chargés de richesses et de touristes qui traver-
sent orgueilleusement la mer en se fiant à leur solide
machine, et fendant tout droit l'onde qui s'irrite
d'être domptée, mais bien de grosses barques,
lourdes, conduites à la voile, tourmentées par le
vent, portées tour à tour au sommet, puis au plus
profond de la vague, et cheminant si péniblement
que c'est à se demander si jamais elles pourront
dépasser le Havre. Pauvres embarcations munies de
filets et conduites par quelques-uns de ces braves
Dieppois qui se sont surnommés eux-mêmes les
« loups de mer », elles vont bien loin souvent ; elles
vont jusqu'à Terre-Neuve, à la pêche de la morue.
Et que de vœux, quelle ardente sollicitude les ac-
compagnent au départ et longtemps après !

Lorsque vous aurez suffisamment embrassé du re-

gard cet ensemble mouvant, ce spectacle magique,
et même lorsque vous aurez bien satisfait votre
curiosité en visitant le château si hardiment campé
sur la hauteur, et qui date du xve siècle, jetez alors
les yeux sur l'humble partie de Dieppe, sur ce Pollet, ville à part, exilée de l'autre côté des bassins,
langue de terre sillonnée de rues étroites, noires,
mal pavées, difficiles, où descend à peine le jour et
où n'entrent jamais le luxe ni le plaisir.

Le Pollet, c'est le travail, c'est la vie rude, ac-
tive, pauvre et toujours menacée par les colères de
l'Océan.

Le Pollet, c'est une population à part, venue on
ne sait d'où, de Venise peut-être, ayant une sorte
de dialecte méridional, une race plus brune que le
Dieppois ordinaire, et que le Dieppois traita longtemps en étrangère, avec antipathie, avec dédain.

Dans cette ruche, les mœurs antiques se sont fidè-
lement conservées : aux portes, sur des escabeaux,
sont assises les femmes qui filent ou tricotent; d'autres lavent ou raccommodent les filets; d'autres net-
toient les paniers ou *mannequins* qui ont contenu le
poisson. Les hommes réparent la barque ou recou-
sent la voile. Tout le monde s'emploie, jusqu'aux
enfants. Et, le soir venu, à l'heure du couvre-feu,
l'on rentre dans la salle unique pour souper et dire
la prière.

Sans doute ces usages primitifs, cette pauvreté,
cette simplicité rustique, cette activité continuelle ne
sauraient plaire aux épicuriens comme il s'en trouve
dans le beau monde des baigneurs; aussi la société

élégante, sauf les bons et grands cœurs qu'on voit partout où il y a du bien à faire, ne s'égare-t-elle pas souvent jusqu'au Pollet et ne fait-elle que l'entrevoir de loin. Mais si l'on étudie avec l'intérêt qu'elle mérite cette population honnête, si l'on pénètre chez elle le dimanche, lorsqu'elle a revêtu ses habits de fête, c'est alors qu'elle fournit d'amples sujets d'étude. Ce n'est pas que les Polletais aient conservé toute l'originalité de leur costume d'autrefois; qu'ils portent, par exemple, la toque de velours noir, la casaque de drap bleu ornée d'un galon clair sur chaque couture, la cravate à glands d'argent, les bas de soie et les souliers de drap à belles boucles. Non, ce pittoresque n'existe plus; mais il y a encore des culottes larges avec un cotillon de toile grise, des vestes amples à gros boutons, des bonnets de laine rouge. Et quant aux habitations, elles ont gardé leur même caractère : petites portes cintrées, fenêtres-lucarnes, solives apparentes et croisées, crampons de bois placés de distance en distance et destinés à soutenir des gaules auxquelles, pour sécher, s'enroulent les grands filets. Puis, aux angles de ces ruelles en pentes, incrustées de galets, vous verrez de petites images de la sainte Vierge, — la protectrice des matelots, des pêcheurs, — l'étoile de la mer, *maris stella*.

Que de prières sont montées vers ces images! prières ferventes où les larmes se confondaient avec les paroles, prières coupées souvent par un sanglot!

Pauvres femmes, pauvres fillettes, pauvres enfants! votre modeste chandelle jaune ou votre petit bout de bougie brûle au pied de la niche; et vous, agenouillés, vous dites à la Consolatrice de toute douleur ce qu'il y a dans votre âme d'affliction et d'angoisse, ou d'espérance et d'amour.

Toujours ils sont absents les bien-aimés pour qui vous priez.

Et que de fois vous priez pour des absents qui jamais ne reviendront!

Dans le Pollet tout entier il n'y avait pas un marin aussi franc, aussi intrépide que Martin Lefèvre. Depuis qu'il se connaissait, Martin Lefèvre s'était joué avec l'Océan, et en vérité il se trouvait plus à l'aise sur la cime des vagues que sur la terre ferme. Pas un point des côtes où l'on n'eût vu son visage long et basané! pas de mains vigoureuses comme les siennes pour dérouler un câble, tendre une voile ou jeter un filet! Aux heures de repos, et elles étaient rares, il faut le dire, pas de compagnon agréable comme Martin Lefèvre pour fumer une pipe, absorber un pot de cidre et conter une histoire du pays ou entonner une chanson de bord!

Par malheur, Martin eut le tort de ne pas prendre pour compagne une femme robuste du Pollet, laquelle se fût associée à ses travaux. Le hasard mit sur son chemin la fille d'un cultivateur d'Arques, Jeanne-Désirée, une charmante enfant blonde, délicate, et qui ne connaissait rien des pénibles labeurs de la mer. Comment l'avait-il remarquée? comment avait-il eu l'idée de demander cette jeune fille en mariage et de l'amener en son Pollet? C'est ce que nous ne saurions expliquer.

Or Jeanne-Désirée n'avait pas été, comme ses voisines et amies, — car tout le monde l'aimait, la douce et chère créature, — préparée de bonne heure aux émotions de la vie maritime. Voir partir son mari, l'attendre et l'attendre si longtemps, et prier tout en larmes pour lui, et souvent, la nuit, se dresser sur sa couche en prêtant l'oreille aux sifflements de la tempête; se dire sans cesse : « En ce moment peut-être sa barque est-elle retournée par la vague?... peut-être suis-je veuve?... » c'étaient trop de secousses pour une organisation aussi frêle.

Ce n'est pas que la femme de Martin Lefèvre manquât d'énergie morale et de patience; ce n'est pas qu'elle hâtât de vœux insensés l'instant du retour : non, elle était patiente autant que douce. Mais aussi elle était malheureuse, parce que sa pensée allait trop au-devant du danger et que son ignorance se l'exagérait. Et comme ses forces physiques n'égalaient point sa force morale, l'une ne pouvait s'exercer et se maintenir qu'aux dépens des autres. Obligée de concentrer en elle-même ses inquiétudes, dont l'excès devenait pour ses voisines un véritable sujet d'étonnement, Jeanne-Désirée souffrait d'autant plus qu'elle souffrait à elle seule. Chacune des expéditions de Martin enlevait à la jeune femme un lambeau de sa vie. A la dernière, elle avait dit à Martin avec une sorte de pressentiment :

« Nous reverrons-nous?

— Oh! sûrement!... s'était-il écrié. Je reviendrai, ma bonne chère femme. »

Parce qu'il reviendrait, était-ce une raison pour

qu'il revît Jeanne-Désirée à côté de Petit-Pierre?

Qu'est-ce que Petit-Pierre? me demanderez-vous.

Sur la falaise du Pollet, nommée *la Bastille* en souvenir du camp retranché que l'Anglais Talbot vint y poser au xvᵉ siècle pour attaquer la ville, sur cette haute et abrupte falaise grimpait chaque jour un jeune garçon de près de dix ans, qui aimait à s'isoler de ceux de son âge et à s'asseoir sur l'herbe, en laissant ses yeux suivre nonchalamment le mouvement des flots. Il eût suffi de l'apercevoir pour reconnaître, à ses cheveux blonds et fins, à ses prunelles d'un bleu foncé, à son teint d'une blancheur mate, le fils de Jeanne-Désirée. Il tenait trop de sa mère pour qu'on trouvât en lui le type de la race polletaise.

Mais pourquoi Petit-Pierre était-il toujours si grave, si mélancolique même? C'est que bien souvent, et quand Jeanne-Désirée le croyait endormi, il l'avait entendue pleurer à chaudes larmes en pressant à deux mains les grains de son chapelet.

« C'est-il bête d'être toujours sérieux comme ça ! lui disait la voisine Catherine, une grosse veuve au teint rouge et hâlé par le soleil, malgré les ailes immenses de son bonnet. Qu'est-ce que t'as donc toujours à te promener seul, Petit-Pierre, au lieu de jouer avec les autres enfants? Il y a mes deux filles, Pauline et Michelle, qui sont des mignonnes du bon Dieu : tu les connais; eh bien ! tu ne leur adresses pas quatre paroles par semaine. Faut pas être loup avec les braves gens. »

Petit-Pierre se contenta d'indiquer du doigt sa

pauvre demeure. Ce geste fit réfléchir la veuve.

« Est-ce que ta mère est malade? » demanda-t-elle d'un ton de sollicitude.

Petit-Pierre inclina la tête. Sous ses paupières baissées il y avait des larmes.

« Ah! mais c'est donc ça qu'on ne l'a pas vue depuis hier aller et venir comme d'habitude? Et tu n'en disais rien!... Heureusement que j'ai du bouillon... Et puis, si je n'en avais pas, j'irais en chercher chez les Sœurs, qui sont si charitables! »

Joignant l'action à la parole, mère Catherine eut bientôt fait de se transporter chez la voisine avec le cordial des ménagères.

Jeanne-Désirée était à demi couchée dans un grand fauteuil en bois; la fièvre l'avait assoupie. Elle entr'ouvrit les yeux, et, comprenant l'intention de Catherine, elle remercia la veuve par un regard de reconnaissance. Puis elle embrassa tendrement et à plusieurs reprises son Petit-Pierre, qui était venu interroger d'un regard d'anxiété le visage amaigri de la jeune mère.

Au bout de quelques instants, Jeanne-Désirée trouva moyen d'éloigner l'enfant. Libre alors de parler, elle prit les mains de Catherine, qui frémit en sentant combien la malade avait la peau brûlante, et elle lui dit :

« Vous êtes une bonne créature, Catherine, et Dieu vous bénira.

— J'en ai besoin, murmura celle-ci, car j'ai eu pas mal de malheurs...

— C'est vrai, vous êtes veuve...

— Avec deux enfants; mais je ne m'en plains pas : mes fillettes, c'est ma richesse !

— Ah! que n'ai-je votre courage!... Mais cela ne se donne pas. Jamais je n'ai pu m'habituer au départ de mon pauvre mari. Je suis si malheureuse en pensant qu'il a tant de peine, qu'il s'expose à tant de dangers pour nous gagner un peu d'argent!... Cette fois-ci, j'ai encore pleuré plus qu'à l'ordinaire.

— Et pourquoi, voisine ?

— Parce que je me disais que l'adieu était éternel, que je ne reverrais plus Martin.

— Eh bien! c'est bon, ces enfantillages-là! s'écria la veuve avec une brusquerie amicale. Je vous défends de dire de ces vilaines choses.

— Hélas! je suis sincère et je dis ce qui est dans mon cœur. Je sens depuis longtemps que mes forces s'en vont... Je ne craindrais pas la mort; mais ce qui m'afflige, c'est de laisser mon pauvre Petit-Pierre tout seul...

— Allons donc! vous êtes si jeune!... Si ça a le sens commun !

— Seul! grand Dieu ! à son âge!...

— Mais vous avez des parents qui en prendraient soin, si ce malheur arrivait... Bah! il n'arrivera point. »

Sans répondre à la fin de la phrase, Jeanne-Désirée secoua la tête et dit tristement :

« Je n'ai plus de parents...; je suis orpheline. »

Dame Catherine resta comme stupéfiée par cette découverte.

« C'est égal, dit-elle ensuite, soignez-vous pour

l'amour de votre enfant, et soignez-vous d'autant mieux qu'il n'a que vous au monde. »

De retour chez elle, la voisine se mit à réfléchir en filant sa quenouille.

Les braves gens qui passaient et lui adressaient la parole étaient un peu étonnés de la trouver silencieuse; car tel n'était pas l'usage de dame Catherine, qui ne se soulageait jamais mieux des peines de la vie qu'en causant avec tout venant.

Il y avait même en elle une certaine brusquerie : témoin une tape qu'attrapa Michelle pour avoir étourdiment poussé le bras de sa mère.

Mais Petit-Pierre s'étant approché de Catherine, celle-ci le prit et le serra contre son cœur en l'embrassant tendrement.

« Qu'est-ce qu'elle a donc cette mère Catherine ! disaient les voisins. On croirait que les fées de la cité de Limes lui ont jeté un sort... »

Si on l'eût mieux observée, on l'eût vue entrer dix fois par jour chez Jeanne-Désirée, et n'en sortir que pour y rentrer.

On l'eût vue ensuite, une nuit, courir en toute hâte chez M. le curé de Sainte-Marie-des-Grèves, faisant retentir sous ses galoches le pavé inégal de la rue, et au retour pressant le pas du vieil ecclésiastique.

Le lendemain matin, la prédiction de Jeanne-Désirée s'était réalisée : la jeune femme ne devait pas revoir en ce monde son mari absent...

« Ce n'est pas ça ! s'écria la voisine tout en fondant en larmes; il ne sera pas dit que ce pauvre

petiot aura pâti parce qu'il a perdu sa mère, et parce
que son père est bien loin d'ici. Je suis veuve, et
j'ai deux enfants; eh bien! j'en aurai trois, et voilà
tout... Et quand Lefèvre reviendra, je lui rendrai
son fils. »

Le curé pressa silencieusement la main de Catherine. Les voisins vinrent tour à tour lui exprimer une
sympathie qui ressemblait à de l'admiration. Mais la
brave femme avait agi si simplement et si spontané-
ment, qu'elle ne comprenait pas qu'on pût décerner
tant de louanges à sa conduite.

Quant à Petit-Pierre, étranger à tout ce qui se
passait, il était resté dans un état de stupeur, et il
obéit machinalement à Catherine, lorsque la veuve
lui dit avec sa cordiale brusquerie :

« Allons! suis-moi. »

Les deux fillettes mirent Petit-Pierre entre elles;
et vraiment, à voir leur naïve amitié, leurs regards
pour l'orphelin, on avait sujet de se demander si
jamais la coupe du malheur reçoit cette dernière
goutte qui la fait déborder.

II

LE GRAND PROJET DE PETIT-PIERRE

Oui, cette amitié sincère, ces égards pleins de
délicatesse ne manquèrent pas un seul jour à Petit-
Pierre; mais il fallut bien du temps au jeune garçon

pour qu'il s'en rendît compte. Sombre et presque
défiant, comme il est rare qu'on le soit à son âge, il
semblait répondre à toutes les avances par la froi-
deur et même par la crainte. Si Pauline et Michelle
voulaient le conduire soit sur le quai, soit sur la
falaise, il s'y refusait obstinément. Le grand air
l'effrayait; il n'eût pas voulu se distraire, encore
moins s'amuser. La seule course qu'il se permit, et
elle n'était pas longue, le ramenait toujours vers la
maison paternelle.

Pauvre maison abandonnée; pauvre maison close
maintenant et que ses volets fermés condamnaient à
une lugubre obscurité; pauvre maison où avait régné
tant de mouvement, où si souvent la voix sonore de
Martin avait entonné quelque chanson de matelot,
et qui à présent n'avait plus d'écho que pour les
bruits extérieurs...

Là, Petit—Pierre s'arrêtait pensif et muet. Et
comme il restait longtemps à contempler cette ma-
sure d'où le père était parti pour un grand voyage,
d'où la mère avait été emportée pour un voyage
éternel !

Rien ne pouvait le distraire de cette pénible fasci-
nation; là seulement il revivait, lui, ce jeune être
qui avait déjà des souvenirs.

Catherine s'en inquiétait; car elle avait remarqué
que Petit-Pierre n'était jamais plus triste qu'au retour
de cette pieuse excursion. Elle cherchait donc dans
sa tête le moyen de s'y opposer. Mais pouvait-elle
défendre à son fils adoptif la seule chose qui lui fît
du bien au cœur.

A bout d'idées, elle résolut d'aller consulter M. le curé de Sainte-Marie-des-Grèves, qui déjà s'était montré si bon pour l'orphelin. Elle s'attifa de son mieux avec son plus grand bonnet, sa cape de cotonnade lilas à capuchon, ses galoches, arrangea de même avec soin les trois enfants, et partit escortée de la petite famille. L'abbé Vincent était dehors ; sa gouvernante dit qu'on le trouverait à Saint-Jacques-des-Pêcheurs, où il était allé, pour affaire, voir un de ses amis. Catherine, qui ne voulait pas s'être dérangée pour rien, prit le parti de traverser le pont-écluse et de se rendre à Saint-Jacques. C'était la première fois que Petit-Pierre était admis à contempler cette église qu'on a surnommée avec raison « le joyau d'art de Dieppe ». Il ne se lassait pas d'admirer les deux tours, qui ressemblent à des candélabres orientaux, et ce pignon dentelé à jour, ornement d'une ténuité si merveilleuse. A l'intérieur, il resta aussi en extase devant la chapelle de la Vierge, ce chef-d'œuvre du vrai style architectural chrétien. Il suivait d'un regard ébloui le cordon si varié qui règne au-dessus des arcades avec ses branches de chêne, ses glands, ses fruits, ses oiseaux et ses monstres fantastiques. Tout cela se révélait à lui comme un monde nouveau où il venait seulement de poser le pied, mais auquel une pensée naturellement sérieuse l'avait préparé.

Ce fut dans cet état de contemplation pleine de fixité que le bon curé le surprit.

« Tout ceci vous paraît donc bien beau, mon ami ? dit-il en souriant.

7

— Oh ! oui, » répondit l'enfant.

Et, passant aussitôt à un autre ordre d'idées, il posa à son tour une question.

« Quelles sont, dit-il, toutes ces choses suspendues au mur ?

— Mon jeune ami, c'est ce qu'on appelle des *ex-voto*, c'est-à-dire des objets plus ou moins précieux offerts à la sainte Vierge en conséquence d'un vœu pour l'heureux retour des marins. Tantôt les marins eux-mêmes, lorsqu'ils sont en danger, s'engagent à faire cette offrande pieuse; tantôt ce sont leurs familles qui, dans une crainte facile à comprendre, apportent ici des présents, tels que tableaux, chapelets, fleurs, imitations de navires ou de bateaux...

— C'est vrai, murmura Petit-Pierre. Oh! comme ces bateaux sont bien faits! on croirait qu'ils vont flotter sur la mer !... Rien n'y manque... Voyez donc, mère Catherine, ils ont des cordages, des voiles!... Le bon Dieu doit exaucer ceux qui lui donnent de si belles choses ! »

Dans la disposition d'esprit où il était, Petit-Pierre écouta docilement l'abbé Vincent, à qui dame Catherine avait parlé bas, et qui transmit tout haut ses observations à l'enfant.

« Mon ami, lui dit l'excellent homme, tu causes du chagrin à la brave femme qui t'a recueilli avec tant de charité. Tu es trop silencieux. Tu ne joues pas comme on doit jouer à ton âge. Cela n'est pas naturel, et ta santé finirait par s'en ressentir. Il faut, malgré le chagrin que tu éprouves, te distraire un peu. Tu viendras chez moi tous les matins; je te ferai lire et écrire. Je sais que tu as des dispositions, et je les cultiverai, sois tranquille. Promets-moi donc d'obéir à ta mère adoptive, et tu verras que tout marchera bien.

— Je vous le promets, dit Petit-Pierre, l'œil toujours attaché sur les ex-voto.

— C'est particulier, dit le curé, comme il admire ces bateaux en miniature !

— Allons, viens, dit Catherine; il faut rentrer à la maison pour tremper la soupe. »

Petit-Pierre la suivit docilement, mais sans être beaucoup plus causeur qu'à l'ordinaire. Il ruminait un projet.

Le soir, il alla trouver un voisin, charpentier par état, et lui demanda quelques morceaux de bois que celui-ci s'empressa de lui donner, tout en s'étonnant de cette fantaisie. Puis Petit-Pierre s'installa au coin de l'épaisse table, et, muni d'un *eustache,* se mit à gratter et à rogner son bois, au grand ébahissement de Catherine, qui ne l'avait jamais vu aussi ardent à aucune besogne. Les deux fillettes riaient, sans savoir pourquoi, de l'importance que semblait prendre Petit-Pierre et de son sang-froid imperturbable.

A la fin, la curiosité de dame Catherine n'y put plus tenir.

« M'expliqueras-tu, dit-elle, pourquoi tu tailles ainsi ce bois? En v'là une idée ! »

Pour toute réponse Petit-Pierre quitta sa tâche et jeta ses bras autour du cou de la veuve.

Cette dernière, tout émue, resta à considérer l'enfant.

« Écoute, dit-elle, si c'était un autre, je ne m'occuperais pas de ce qu'il fait. Mais toi, mon Petit-Pierre, tu agis toujours à ta façon, et c'est pourquoi je t'ai interrogé.

— Bonne mère, dit-il, permettez-moi d'attendre à demain pour vous raconter ça. Je veux savoir un peu d'abord si je réussirai.

— Va pour demain ! »

Mais c'est égal, durant le reste de la soirée, dame Catherine lorgna du coin de l'œil, tout en filant, le jeune travailleur.

III

PIEUSE OFFRANDE

Pendant que Catherine regardait à la dérobée Petit-Pierre, celui-ci, tout entier à son œuvre, ne s'arrêtait pas en besogne. Il taillait, rognait, creusait, polissait son bois avec un cœur !

Le lendemain sans doute il était content de lui ; car il n'attendit pas une question nouvelle pour s'écrier :

« Tenez, regardez !... Ce que je fais, c'est un bateau.

— Un bateau, miséricorde !... A quoi bon ?... C'est vrai, tout de même, ça a déjà la tournure d'une de nos barques.

— Et bientôt, j'espère, quand j'y aurai planté le

mât et attaché la voile et les cordages, il n'y manquera rien.

— Comme tu y vas! la voile et les cordages! Il s'imagine qu'il est constructeur. Eh bien! supposons que tu termines ton joujou, iras-tu le promener sur la rivière d'Arques? »

Petit-Pierre hocha la tête en souriant avec finesse; mais il resta impénétrable.

Le travail se prolongea quinze jours.

Au bout de ce demi-mois, le bateau était complétement achevé; et c'était merveille de voir quelle grâce il avait, quelle structure précise et conforme aux règles de l'équilibre...

Catherine ne se possédait pas d'orgueil : elle avait parlé du chef-d'œuvre à tout le voisinage, et le voisinage ne laissait pas la maison se désemplir. Chacun de tendre le cou vers le joli bateau; chacun de vouloir le manier, le tourner et le retourner. Petit-Pierre, félicité par tout le monde, acceptait les éloges avec indifférence; il ne semblait occupé que d'une crainte, à savoir, que quelque main maladroite ne compromît son ouvrage.

Le bon abbé Vincent ne fut pas des derniers à demander à voir le bateau. C'était là ce que Petit-Pierre désirait. Il tressaillit de joie.

« Merci bien, dit-il, monsieur le curé; d'après ce que vous me direz, je saurai si je dois être content. »

Il courut en toute hâte au logis, où se trouvait une affluence de curieux, et enleva lestement le bateau, laissant l'assemblée passablement interdite.

Quelques minutes après, il était chez le curé et lui
présentait son travail.

« Voyons, dit l'abbé Vincent en posant ses lunettes sur son nez. Eh! mais, c'est toi qui as fait
cela?

— Moi-même, monsieur le curé.

— Et personne ne t'a aidé?

— Personne.

— Ma foi, tu as réussi, et je ne m'étonne plus si
dans tout le Pollet on crie au miracle.

— Ah! monsieur le curé, je suis bien content!...
Le bon Dieu a permis cela à cause de l'idée que
j'avais...

— Quelle idée avais-tu? » cria une voix essouf-
flée.

C'était dame Catherine, qui avait suivi de son
mieux le petit homme.

« Je puis vous le dire à présent, chère mère,
répondit le jeune garçon, et je m'en réjouis.

— A la bonne heure! Il aura donc confiance en
moi!

— Le jour où nous avons été à Saint-Jacques, vous
vous souvenez que nous avons vu, accrochées aux
murs, de belles choses qu'on appelle... »

Il chercha le mot.

« Des ex-voto, dit le curé.

— C'est ça, des ex-voto. Ils sont consacrés au
bon Dieu pour le remercier ou pour le prier de conserver les parents absents. J'y pensais toute la journée, et la nuit même en dormant. Je me dis donc
à part moi que si je faisais de mes mains un bateau

comme j'en voyais là beaucoup, et que si je l'offrais à Dieu, peut-être ça toucherait-il ce bon Père que nous avons dans le ciel, et qu'alors mon père à moi reviendrait bientôt sans accident. J'aime tant mon père! il nous aimait tant quand nous étions tous les trois ensemble!... J'ai donc travaillé au bateau, et puisque le bateau est fini, je vous prie, monsieur le curé, de l'offrir à l'église Saint-Jacques, au nom de Martin Lefèvre, pêcheur au Pollet...

— Cher enfant! s'écria l'abbé Vincent, obligé d'ôter ses lunettes, dont les verres s'étaient mouillés de larmes.

— Cher petiot!... s'écria dame Catherine en pleurant aussi et embrassant son fils adoptif. Ah! tu as bien raison d'aimer Martin, et je n'en suis pas jalouse, va !

— Sois tranquille, reprit le curé, dès aujourd'hui nous irons faire bénir et déposer ton offrande. Mais j'ai aussi mon idée, moi; nous n'irons pas seuls. Marie, cria-t-il à sa servante, allez me chercher le tambourineur. »

Le tambourineur ne tarda pas à se présenter. Il marchait lestement, bien qu'il fût boiteux.

L'abbé Vincent lui donna ses instructions.

Aussitôt le tambourineur, muni de son instrument, se rendit sur la place de l'église, centre du Pollet; et là il fit un tel vacarme de *ra* et de *fla*, que bientôt il devint le point de mire de la population tout entière.

Alors, cessant de battre la caisse, il remplaça l'harmonie de la peau d'âne par la crécelle de sa voix nasillarde.

« De par m'sieu le curé, il est fait à savoir à un chacun que le bateau confectionné par Petit-Pierre est destiné à être offert à la chapelle de la Vierge de l'église de Saint-Jacques. M'sieu le curé va l'y porter en personne, et il invite un et chacun de ses paroissiens à se joindre à lui pour aller prier tous ensemble.

— Oui ! oui » ! s'écrièrent tous les assistants.

Et voilà que, par un mouvement unanime, les bonnets bruns ou rouges, les casaques, les vestes, les cotillons rayés, les sabots s'élancèrent vers la demeure de l'abbé Vincent.

Celui-ci était sur le pas de sa porte; il souriait avec une ineffable satisfaction, le digne homme, et il avait à ses côtés Petit-Pierre et Catherine, et il tenait délicatement le batelet, et avec autant de précaution que s'il eût tenu un petit oiseau qu'il aurait craint de blesser.

Le cortége se forma aussitôt, le curé en tête, ses paroissiens après lui.

Et durant bien des jours on ne parla pas d'autre chose au Pollet que de la procession de l'*ex-voto*.

IV

UNE RÉSOLUTION

On en parla à Dieppe, et ce fut à qui parmi les habitants irait voir et admirer l'œuvre étonnante d'un enfant. La chose prit assez de consistance pour que le premier ivoirier de la ville, M. Gibert, devinât chez Petit-Pierre une vocation artistique, et voulût le prendre chez lui pour lui enseigner son état.

Petit-Pierre, loin de se montrer empressé comme M. Gibert s'y attendait, le remercia avec reconnaissance, mais refusa avec fermeté.

« Comment! s'écria Catherine, tu refuses ton bonheur?

— Mon bonheur, répondit le jeune garçon, serait de revoir mon père...; je n'en connais pas d'autre.

— Mais, mon ami, objecta l'ivoirier, songez qu'il vous faut embrasser une profession, et que la nôtre est à la fois honorable et lucrative.

— Il se peut, Monsieur; mais mon père est pêcheur et je serai pêcheur comme lui. »

Tous les raisonnements échouèrent contre cette résolution, quoique dame Catherine ne cessât de se lamenter, et que le curé lui-même eût chapitré son petit élève.

« Allons, disait M. Gibert, je me suis trompé : cet enfant n'a pas pour l'art la vocation irrésistible que mon admiration lui avait prêtée. N'y pensons plus. »

Voilà qu'un beau jour la ville de Dieppe fut en grande rumeur et que toute la population courut vers la jetée. On avait signalé les pêcheurs de Terre-Neuve.

Hourra! hourra! ils reviennent, les bons marins, les braves qui sont allés si loin pour l'amour de leurs familles.

7*

Hourra! quels cris de joie! Comme on agite les bonnets! comme on secoue les mains! Tous les cœurs battent à l'unisson.

A chaque bateau qui passe, nouveaux cris d'allégresse.

Que de larmes! que de baisers! On s'arrache ces hommes couverts de goudron. Et eux, à peine peuvent-ils répondre aux voix qui les appellent, aux bras qui leur sont ouverts. Ils contemplent surtout leurs enfants qui ont grandi en leur absence, et ils les comptent d'un œil avide et inquiet.

O bonheur! bonheur du retour!... La séparation n'est qu'une douceur de plus, puisqu'il est si bon de se retrouver ensemble.

Petit-Pierre avait couru au premier signal, et Catherine lui disait :

« En v'là des bateaux! C'est le tien qui les a fait arriver plus tôt que de coutume. »

Mais Petit-Pierre, le front penché, disait tristement :

« Il ne trouvera plus que moi, mon pauvre père!... »

Tout à coup il reconnaît le bâtiment sur lequel Martin Lefèvre était parti. L'équipage est sur le pont... Petit-Pierre contemple un à un tous les hommes du bord... Martin n'est pas là!...

« Mon père!... » s'écrie-t-il d'une voix déchirante.

Et il tombe évanoui.

Quand il sortit de cet évanouissement, il se trouva dans son lit. L'abbé Vincent était là, et il s'entretenait à voix basse avec un étranger.

« Attention ! dit celui-ci, le petit rouvre l'œil ; bon signe ! Laissez-moi lui insinuer la chose franchement et délicatement. Ohé ! cria-t-il, Petit-Pierre ! »

Le jeune garçon tressaillit et tourna languissamment la tête vers le nouveau venu.

« Faut pas vous affliger, reprit celui-ci. Votre papa n'est pas mort, mon fiston ! »

Petit-Pierre, incapable de prononcer une parole, fit le signe de la croix, puis joignit les mains en action de grâces.

« Je continue mon dialogue, moi, Trimac, dit le joyeux Gascon. J'arrive de Terre-Neuve, où je me suis embarqué sur *la Belle-Julie*, le bâtiment où naviguait votre papa, un brave homme !... Martin a été bien malade..., ça, c'est la pure vérité ; mais à notre départ il allait mieux. Seulement, il n'y avait pas moyen pour lui de tenir la mer, et alors les gens de là-bas ont dit qu'ils le garderaient jusqu'à la première expédition des Dieppois. Me connaissant pour un malin qui a la parole facile, il m'a dit particulièrement d'aller trouver son fils et sa femme... »

Ici Petit-Pierre jeta un cri de désespoir.

« Taisez-vous, malheureux ! fit vivement Catherine. La pauvre mère n'est plus !

— Allons !... j'ai eu la langue trop longue. En v'là des calamités !... C'est égal, mon petit, tu me parais avoir des amis, et les amis c'est de la famille. Ils te soigneront, et un jour tu reverras ton papa ; je te le garantis, foi de Trimac. »

Là-dessus le Gascon tira sa révérence, pressé d'aller dehors boire quelques verres de cognac et fumer sa pipe.

La maladie de Petit-Pierre fut longue et dangereuse; mais enfin la nature et la jeunesse prirent le dessus. Il était temps qu'il guérît : la pauvre Catherine avait passé une vingtaine de nuits, et elle y avait perdu cet embonpoint florissant qui naguère rendait sa santé proverbiale.

Dès que sa convalescence fut terminée, Petit-Pierre demanda instamment à aller remercier Dieu à l'église Saint-Jacques.

« Seras-tu assez fort pour cela? dit la veuve d'une voix craintive.

— Oh! oui, ma bonne mère…, ma seconde mère! dit-il en se pressant contre le cœur de la brave femme, qui fondit en larmes.

— Il est sauvé! il est sauvé! » répétait-elle pendant toute la route.

Et c'était chose touchante de voir Pauline et Michelle se disputer à qui soutiendrait les pas de Petit-Pierre!

Vers le pont, l'on rencontra Trimac qui fumait tranquillement, assis sur un poteau. Le joyeux Gascon voulut s'esquiver, de peur que sa vue ne fît mal au convalescent; mais celui-ci lui adressa un sourire mélancolique et l'appela avec amitié.

« Hé! bonhomme! s'écria le matelot, je suis content tout de même de ce que tu sois sur tes jambes. »

Arrivé à l'église, Petit-Pierre s'agenouilla au-dessous de la place où son ex-voto avait été accroché, et il pria avec ferveur.

Quand il se releva, il semblait avoir gagné le double de force. L'abbé Vincent était au coin de la chapelle, et, pénétré de joie, il remerciait Dieu.

« Monsieur le curé, dit Petit-Pierre, et vous, ma bonne mère, je désirerais voir M. Gibert... Voulez-vous me conduire chez lui ?

— Chez M. Gibert !... s'écria Catherine.

— Volontiers, » dit le curé sans interroger son élève, mais pressentant quelque chose de bien.

M. Gibert habitait la place Nationale, en face la statue de Duquesne. Prévenu de la visite qui lui était faite, il descendit de son atelier dans un état de profond étonnement. Il s'était préparé à prendre l'air froid ; mais à l'aspect de la pâleur et de la maigreur de Petit-Pierre, il resta stupéfait et désarmé.

Quelques mots de l'abbé Vincent mirent l'ivoirier au courant des événements qui avaient eu lieu.

« Monsieur, dit ensuite le jeune garçon, vous ne vous étiez pas trompé en pensant que je devais avoir de la vocation pour votre état, qui est bien le plus beau du monde. J'ai pourtant préféré vous laisser croire le contraire et prendre mauvaise opinion de moi...

— Mauvaise opinion de vous !... Oh! non, mon ami ; Dieu m'en garde !

— Alors voudriez-vous, comme autrefois, m'enseigner à faire ces jolis ouvrages d'ivoire tout pareils à ceux que je vois?

— Si je le veux, mon garçon !... J'en serai enchanté. D'après ton premier essai artistique, je t'ai jugé. C'est convenu, Petit-Pierre, tu deviens mon apprenti. »

Celui-ci se gratta le front, ayant sur le bord des lèvres une question qu'il n'osait émettre. M. Gibert comprit son embarras.

« Qu'est-ce? dit-il. N'aie pas peur d'être sincère avec moi.

— Je voudrais savoir une chose.

— Laquelle?

— Serai-je longtemps avant de gagner de l'argent dans cet état-là ? »

L'ivoirier et même le curé regardèrent le jeune garçon avec une certaine surprise.

« Eh quoi ! mon petit ami, tu tiens à l'argent?... dit M. Gibert.

— Oui, Monsieur, c'est vrai que j'y tiens. Un jour vous saurez pourquoi. »

Les assistants échangèrent cette fois entre eux un regard qui signifiait :

« Étrange enfant !... Il ne ressemble à personne.

— Tout, reprit l'ivoirier, dépend de la rapidité de tes progrès. Je suis intéressé à ce que tu gagnes vite, puisque je le suis à ce que tu me secondes. Rassure-toi donc, et sois certain que je serai heureux de payer ton habileté. »

Petit-Pierre sauta de joie.

« Je crois comprendre sa pensée, » dit tout bas l'abbé Vincent à M. Gibert, tandis que dame Catherine s'émerveillait à l'idée que son cher Petit-Pierre deviendrait un *monsieur* qui *roulerait sur l'or et sur l'argent*...

V

L'IVOIRIER

Un an s'écoula. Du matin au soir Petit-Pierre était
à sa table de travail, où, avec de menus outils, il
taillait et fouillait l'ivoire. Il n'avait pas tardé à faire
éclore de cette dure matière les roses, les pensées,
les feuilles délicates, les enroulements élégants. Le
dessin marchait de pair avec la sculpture, et permit
bientôt au jeune apprenti de trouver des sujets in-
génieux qu'il prenait dans la nature; car son plaisir,
le dimanche, était d'étudier les fleurs et de bien se
rendre compte de leur forme et de leur variété.

Oui, toute une année s'écoula. Petit-Pierre ne
roulait pas encore sur l'or et sur l'argent; mais il
commençait à gagner passablement, et, par la dex-
térité et l'invention, il avait laissé loin derrière lui
les autres ouvriers de M. Gibert.

L'automne arriva, et Petit-Pierre redoubla de
zèle. A l'heure de son déjeuner, il prenait son pain
et allait s'asseoir, en rêvant, au bord du bassin à
flot, le regard dirigé vers la jetée.

Quand on prévit le retour des pêcheurs, le jeune
garçon dit à Catherine :

« Je suis heureux. J'ai fait cette nuit un bon rêve.
Nos peines vont cesser. »

Ce jour-là, Petit-Pierre ne se rendit pas à l'a-

telier. Il eût été incapable de tenir un morceau
d'ivoire.

Et voilà que les hourras de l'année précédente se
reproduisent avec la même énergie.

Hourra! hourra! ils reviennent les bons marins, les braves qui sont allés si loin pour l'amour
de leurs familles.

Cette fois, *la Belle-Julie* est en tête. Serait-ce fait
exprès?

Sur le pont est un homme à demi couché et dont
les jambes sont enveloppées d'une couverture. Cet
homme porte sur son visage les traces d'une longue
et cruelle maladie. Mais arrière les souvenirs de
la souffrance, puisqu'il est enfin rendu à son cher
Dieppe!

Dans toute la foule cet homme ne cherche qu'un
seul être... Il le reconnaît et agite les bras...

Un cri de tendresse répond à ce geste.

Et presque immédiatement Petit-Pierre saute dans
un batelet qui, en quelques coups de rame, accoste
le bâtiment.

Pauvres cœurs séparés par l'absence, unis par le
malheur, ils ne forment plus qu'un, pressés étroitement l'un contre l'autre!

On entendit, à travers leurs baisers, ces paroles
se croiser, vivement accentuées:

« Cher enfant! comme il a grandi!

— Mon bon père!... comme vous avez souffert!

— Un autre que moi ne t'aurait pas reconnu...

— Oh! moi, mon bon père! je vous ai reconnu
tout de suite...

— Mon Petit-Pierre ! tu es maintenant mon seul bien en ce monde. J'ai perdu ma ménagère que nous aimions tant... et je suis devenu infirme !

— Mais vous avez votre fils...

— Hélas ! que peux-tu faire pour moi?... Tu n'es pas encore assez fort pour partir.

— Soyez tranquille, mon père, je ne serai pas pêcheur, je n'ai pas besoin de le devenir. J'ai appris un bon état afin de rester avec vous, de travailler pour vous. »

Martin Lefèvre ouvrit de grands yeux : il ne comprenait pas.

Cependant la barque avait atteint le bord : vingt bras robustes s'offrirent à soutenir les pas de l'infirme.

« Minute ! cria une voix timbrée de l'accent méridional, ça me regarde, moi, Trimac, le *joyeux Gascon*. Je l'ai ramené jusqu'ici, et je le conduirai jusqu'à sa cabine. »

Petit-Pierre paya Trimac d'un regard de reconnaissance.

En ce moment une brave femme, accompagnée d'un *monsieur*, s'approcha d'un air modeste. Elle avait fait trop de bien pour n'être pas un peu intimidée.

« Mon père, dit le jeune garçon, regardez celle qui a été ma seconde mère.

— O Catherine ! murmura le pêcheur, il n'y a que Dieu qui puisse vous payer.

— Je le suis déjà, dit la veuve, car je suis fièrement contente ! »

Petit-Pierre ajouta, en saisissant M. Gibert par la main :

« Voilà mon maître, mon généreux maître!...C'est à lui que nous devons notre pain.

— Non, mon garçon, dit M. Gibert, tu n'as qu'un maître : c'est toi. Le bon fils a précédé l'artiste... La barque que tu as faite et offerte à Dieu pour le salut de ton père te conduira plus vite à la fortune que la barque du pêcheur. »

L'ex-voto est toujours à Saint-Jacques. Allez le voir, et vous comprendrez à quel point Petit-Pierre sut aimer.

LE ROI DE LA FÈVE

I

COMME QUOI ON NE SAURAIT SERVIR DEUX MAITRES A LA FOIS

« Est-il vrai, Jordaens, que tu veuilles me quitter pour t'enrôler dans la bande de Rubens? Ce bruit est arrivé jusqu'à mes oreilles. Et, après tout, je n'en ai pas été surpris : le succès flatte toujours les hommes; on court du côté où il se fait le plus de tapage, et l'on oublie volontiers les maîtres qui ont vieilli. Qu'est-ce que Rubens, après tout? Mon ancien élève. Il ne sait rien que par moi; et maintenant, parce qu'il a conquis la faveur publique, parce que nos plus gros bourgeois d'Anvers n'estiment rien tant que sa manière fougueuse et sa couleur étrange, il n'y a pas un apprenti peintre qui ne s'imagine devoir suivre les traces du maître nouveau. Quant à toi, Jacques, je n'eusse jamais cru que tu montrerais à mon égard le même oubli, la même ingratitude.

— Le mot est dur, maître, répliqua Jordaens, qui sentait sa main trembler en tenant le pinceau.

— Il n'est que juste, dit Van Ort, dont l'irritation était parvenue à son comble, et qui se promenait à grands pas dans son atelier. En principe, j'ai toujours blâmé ceux qui changent d'école; à plus forte raison lorsqu'il s'agit d'un élève que j'ai choyé et traité comme un fils. Après tout, ajouta-t-il en s'arrêtant soudain et en modifiant l'accent de sa voix, je n'ai pas sur toi l'autorité d'un consul ou d'un échevin; nous avons passé un contrat volontaire, tu peux le rompre. Va donc ailleurs, si tu crois y trouver ton avantage.

— Permettez, maître, repartit le jeune homme, encouragé par le calme qui paraissait se rétablir dans l'esprit de Van Ort; ce que vous appelez mon avantage est, à mes yeux, fort peu de chose. J'ai du courage, j'ai du temps devant moi, et par conséquent je suis à peu près certain d'arriver. Mais ce qui me touche surtout, c'est l'art. Il n'est jamais permis de négliger les moyens qu'on peut trouver d'améliorer son talent. Si j'ai songé à étudier sous Rubens, c'est que j'ai découvert en lui une certaine affinité avec ma nature, et que, grâce à ses secrets, dans le cas où je parviendrais à les saisir, je pourrais développer ce que Dieu a daigné mettre en moi.

— Voyez-vous l'ambition! Tout à l'heure, c'était

en qualité d'élève qu'il se proposait d'aller vers Rubens; à présent, c'est comme rival.

— Pas sitôt. Mais pourquoi pas plus tard?

— De l'orgueil!...

— Non, maître, mais de l'émulation. Au reste, vos paroles, en constatant la supériorité de Rubens, justifient ma résolution.

— Fort bien, dit Van Ort avec amertume; que rien ne t'arrête, mon garçon. Tu es libre. Mais le soir tombe, je te quitte; il faut que j'aille à ma taverne du *Grand-Cygne*. Ah! vive un bon pot de bière mousseuse pour faire oublier les ennuis de la vie! Réfléchis cependant avant de t'éloigner. Encore une fois, je ne te contrains pas; ta raison te guidera, et peut-être aussi ton amitié.

— Oh! mon amitié, ou plutôt ma reconnaissance pour vous, sera éternelle! » dit Jordaens avec chaleur, en présentant docilement au peintre son manteau, ses gants et son chapeau.

Il était resté seul, en proie à une véritable anxiété, et repassant dans son esprit les paroles qu'il venait d'échanger avec son maître, lorsqu'une porte latérale s'ouvrit et livra passage à une femme âgée et à une jeune fille dont la beauté était rehaussée par l'expression la plus modeste. Jordaens poussa un cri de joie, en même temps que la timidité le retenait à sa place. Jamais, jusqu'à ce jour, dame Van Ort et sa fille Catherine ne lui avaient fait l'honneur de paraître à son intention dans l'atelier, et il ne pouvait se dissimuler que cette visite était bien pour lui.

Dame Van Ort ne le tint pas longtemps en suspens.

« Jacques, dit - elle avec un accent d'intérêt maternel, le bruit de la voix irritée de mon mari nous a attirées de ce côté. Je regrette de savoir la cause du débat : vous paraissiez avoir tant d'amitié pour nous !

— Puisque vous avez entendu les reproches, dit Jordaens en baissant les yeux, vous avez dû aussi, Madame, entendre ma réponse. Elle n'a pu vous laisser ignorer quels sont mes sentiments à l'égard de maître Van Ort. Plus tard il me rendra justice. Mais vous, qui êtes calme, appréciez mieux ma conduite. Je me considère toujours comme l'élève du peintre habile qui le premier a guidé mon pinceau ; en allant chez Rubens, je ne fais qu'obéir à un devoir, car le devoir est de chercher autant que possible la perfection.

— Sans doute. Mais...

— Ai-je tort, oui ou non ?

— Je ne dis pas que vous ayez tort ; cependant...

— Ma bonne mère, dit vivement Catherine, voulez-vous me permettre de donner mon avis ?

— Pourquoi pas ? répondit dame Van Ort, un peu étonnée.

— Il me semble que M. Jordaens doit, avant tout, songer à son avenir, et qu'il serait mal d'exiger de lui le sacrifice de sa liberté. Si Dieu l'a inspiré, nul ne saurait lui demander compte de ses résolutions.

— Il se peut, objecta la mère ; mais Van Ort ne

comprendra jamais ces raisons-là. Toute la première, tu sais, ma fille, ce qu'il y a de fixité dans
ses idées, et combien il est difficile de lui en faire
changer. Depuis trente ans que son propre frère
Samuel est parti, après avoir dissipé sa part d'héritage, il n'a plus voulu entendre parler de lui.
Ni mes représentations ni mes prières ne l'ont fait
fléchir à cet égard.

— Eh bien, dit Catherine, j'entrevois un moyen
de tout concilier.

— Parlez, oh! parlez vite, Mademoiselle! s'écria
Jordaens, le cœur plein de joie.

— Voici. Vous pourriez diviser votre temps : en
consacrer une part à Rubens, l'autre à votre premier
maître; et je gage que cet arrangement ne déplairait
pas à mon père.

— Vous êtes un ange du ciel! dit le jeune homme
en applaudissant et en se disposant à sortir.

— Où courez-vous? demanda la mère.

— Trouver maître Van Ort.

— Dans quel but?

— Vous le saurez bientôt. »

Au bout de quelques minutes, Jordaens arriva
devant la taverne où le peintre tenait ses assises
accoutumées, une pipe à la bouche et des cartes
dans les mains. Il l'aborda d'un air riant. L'artiste fut
flatté de cette espèce d'amende honorable. Il écouta
tranquillement le plan formé par Jordaens, puis il
dit en hochant la tête :

« Tiens, tiens, ce n'est pas si maladroit, mon
garçon. Tu t'arranges pour être bien avec tout le

monde. De la part d'un autre, cette idée me sem-
blerait un calcul; mais toi, je t'en sais incapable. Tu
as du feu, trop peut-être, mais tu es sans duplicité.
Voyons, entendons-nous : sur les six jours de travail, tu en donnerais trois à Rubens, trois à moi.
J'accepte pour la singularité du cas. »

Et remplissant d'une bière écumante son grand
gobelet d'étain, le peintre l'éleva en l'air d'une façon
magistrale.

« *Le roi boit !...* s'écria gaiement Jordaens.

— Si c'est la royauté de l'art que tu m'adjuges,
dit Van Ort, j'accepte. Ah çà ! ajouta-t-il en baissant la voix et en se penchant vers son élève et vers
l'échevin Coppelt, qui faisait ce soir-là sa partie,
qu'est-ce qu'il a donc à me regarder si fixement ce
vieux qui est là-bas ? Je n'aime point ces visages
farouches. Le connaissez-vous, mon cher Coppelt ?

— Nullement, maître.

— Et toi, Jordaens ?

— Pas davantage. »

En répondant ainsi, le jeune homme s'était tourné
à demi et avait observé le personnage mystérieux qui
causait de l'ombrage à Van Ort.

« Une belle tête ! dit-il. Quelle barbe magnifique !

— C'est cela, dit à son tour le peintre ; il a admiré
tout de suite, l'enthousiaste ! Quant à moi, j'ignore
pourquoi cet homme m'inquiète, me gêne. Ses yeux
ne m'ont pas quitté depuis le moment où je suis
entré.

— Peut-être a-t-il besoin d'assistance...

— Bon! bon!... si c'est un fainéant, qu'il ne me demande rien. Je ne donne jamais aux pauvres.

— Cependant...

— Ne va pas faire le généreux et me l'attirer. Les vagabonds ne me plaisent point. »

Le vieillard avait-il saisi quelqu'une de ces dures paroles? Nous l'ignorons. Mais bientôt après il se leva gravement et alla se placer au fond de la taverne, à la dernière table.

Van Ort respira, comme si sa poitrine eût été allégée d'un poids considérable.

Et Jordaens, sentant un vague intérêt pour cet inconnu, le suivit d'un regard compatissant.

II

RÊVES DE BONHEUR

Peu d'années suffirent à Jordaens pour devenir d'élève un maître à son tour. Si le Ciel n'eût pas donné Rubens à la Flandre, Jordaens eût pu suppléer ce grand artiste. Il n'avait pas moins d'abondance, de facilité, de fougue. Sauf l'exquise distinction qu'il n'avait pu aller étudier de près chez les Italiens, il possédait toutes les qualités qui font l'homme supérieur. Nulle difficulté n'arrêtait son pinceau; en quelques jours il créait une œuvre achevée. Déjà les souverains étrangers connaissaient, estimaient son nom, quoiqu'il dît avec simplicité : « Je ne suis que

8

l'élève de Van Ort et de Rubens; » et le roi de Suède Charles-Gustave lui avait commandé douze tableaux représentant les scènes de la Passion.

Il était arrivé à cet heureux instant où chaque pas est un acheminement vers la gloire et la fortune, lorsque Rubens lui dit un jour :

« Je vais partir pour la France, où je porte mes compositions en l'honneur de Sa Majesté la reine Marie de Médicis. Il y aura des retouches à faire, je compte t'emmener. »

Jordaens s'inclina, car il était habitué au respect et à la soumission... Mais il y avait encore un homme qu'il respectait et aimait, et il alla demander conseil à Van Ort.

Comme il traversait la rue Renders, qu'habitait son ancien maître, il s'arrêta tout à coup, frappé d'étonnement, devant un vieillard qu'il reconnut aussitôt pour celui-là même qui avait causé à Van Ort une si désagréable impression. Avant qu'il se fût remis de son étonnement, le vieillard mit la main à son chapeau et lui demanda avec une certaine timidité la faveur de l'entretenir.

« Parlez, dit Jordaens d'un ton de franche bonté. Puis-je vous être utile?

— Oui, Monsieur. Voudriez-vous m'admettre à poser devant vous?

— Mais très-volontiers! Nulle part je ne trouverais une tête qui convînt mieux aux travaux que j'ai à exécuter. Cependant il y aura peut-être un obstacle...

— Lequel? dit tristement le vieillard.

— Si j'étais obligé de partir dès demain pour la France... »

Jordaens s'empressa d'ajouter :

« Je ne sais pas encore. J'ai besoin de prendre les conseils de mon cher maître Van Ort. En tout cas, croyez que ma bourse est à votre disposition, et veuillez aller m'attendre chez moi. »

Il lui indiqua son adresse, et le quitta pour entrer chez Van Ort, qu'il trouva en compagnie de sa femme et de sa fille.

« Ah ! voici mon digne élève ! s'écria le peintre. J'ai de tes nouvelles, mon gaillard ! Peste ! rien qu'une commande du roi de Suède ! Pour peu que cela continue, tu feras bientôt le tour des souverains. J'espère à présent que tu n'es point fâché d'avoir patiemment suivi mon école et écouté mes conseils. Ce n'est pas ton Rubens seul qui t'eût conduit si loin ! »

Jacques ne put s'empêcher de sourire, quelque préoccupation qu'il eût au fond de l'âme. Mais presque aussitôt le sentiment de la réalité amena un soupir sur ses lèvres.

« Je vous remercie bien, dit-il, de la bonne opinion que vous avez de moi. Je n'ai pas oublié quelle dette j'ai contractée envers vous, et jamais je ne l'oublierai. Mais de grâce, mon cher maître, soyez plus équitable envers Rubens... ·

— C'est bon, c'est bon ; je sais ce que j'ai à penser. Enfin, ta visite a-t-elle un but ? as-tu du nouveau à m'apprendre ? »

Ce fut avec un certain embarras que Jacques répondit :

« Du nouveau?... oui, mon cher maître. Rubens part pour la France, où l'appelle Marie de Médicis; il a besoin de moi, et m'a prié de l'accompagner. »

A cette confidence allait succéder une tempête; mais Van Ort s'aperçut que sa fille venait de tressaillir.

« O Ciel !... mon enfant qui pleure !... Qu'est-ce donc, mon Dieu !... Catherine ! Catherine ! qu'y a-t-il? Ne me cache rien !... Je ne veux pas que tu pleures, moi qui ne t'ai jamais causé aucun chagrin. »

Jordaens se joignit au peintre.

« Mademoiselle Catherine..., cela me fait bien de la peine aussi... Mes paroles vous auraient-elles désobligée, vous qui êtes si bonne, vous pour qui j'ai tant d'amitié?... »

Catherine releva la tête; un sourire charmant avait succédé à son air d'affliction.

« Allez, dit-elle, que Dieu vous protége, monsieur Jordaens, et si vous devez rester en France...

— Lui ! s'écria impétueusement Van Ort, je lui défends d'y aller ! »

Jordaens le regarda avec un mélange d'étonnement et de soumission, en disant :

« Je suis venu prendre votre avis, et vous savez, maître, que j'ai trop l'habitude de vous obéir pour résister à vos ordres, dussent-ils me paraître nuisibles à mon avancement.

— Vous entendez, mon père, dit Catherine,

M. Jordaens trouvera un grand avantage dans ce voyage. Bénissez-le, et qu'il parte.

— Non, non, je le répète, il ne partira pas! Ah çà! mon cher garçon, t'imagines-tu que je sois un despote et que je veuille te retenir à Anvers, qui s'honore de ton talent, sans t'offrir une compensation ?

— Une compensation à moi? murmura Jacques interdit et tremblant d'émotion.

— Par ma moustache! je crois qu'il commence à comprendre. Écoute : de tous mes biens en ce monde, le plus précieux, c'est ma Catherine... Mes enfants, donnez-moi vos mains pour que je les unisse. »

Les deux jeunes gens ne purent proférer une parole ; mais, par un mouvement instinctif, ils s'agenouillèrent devant le vieux peintre, qui les fiança en élevant ses regards au ciel.

Heureuse journée! douce causerie où l'on fit mille projets de travail, mille rêves, tandis que Van Ort disait à sa femme :

« C'est égal, je suis content, je l'ai emporté sur Rubens. Jacques nous restera, et je compterai un enfant de plus ! »

Mais tout à coup, au milieu de cette intimité, une pensée frappa Jordaens. Il songea au vieillard qui l'attendait.

« Mon Dieu ! s'écria-t-il.

— Qu'est-ce donc? demandèrent les assistants assez surpris.

— J'avais oublié... un malheureux qui m'a abordé

dans la rue comme je venais ici, et m'a prié de le recevoir chez moi...

— Hein! fit Van Ort, ne faut-il pas se déranger pour le premier venu?

— Pardon, mon père, dit Jordaens; mais il me semble que si je manquais à ma promesse envers cet infortuné, cela ne porterait pas bonheur à mon mariage. »

Catherine joignit ses instances à celles de son fiancé, qui sortit à la hâte, préoccupé du mystérieux vieillard.

III

LE MODÈLE DE SAINT PIERRE

L'inconnu n'était pas entré chez Jordaens; mais avec une discrétion craintive il s'était assis sur un banc près de la porte, et il attendait, le visage penché vers le pavé.

« Excusez-moi, dit Jacques; je sors de chez mon maître, où j'ai été retenu longtemps. Le bonheur m'avait fait perdre la mémoire. »

Un rayon brilla dans les yeux du vieillard.

« Le bonheur! répéta-t-il; est-ce qu'il existe sur la terre?

— Sans doute, pour qui remplit son devoir et cherche, avant tout, les satisfactions de la conscience.

— Vous dites vrai, Monsieur!...

— Entrons, entrons vite! vous n'êtes que trop resté dans la rue. »

Le jeune homme introduisit le visiteur dans son atelier, où resplendissaient quelques esquisses des tableaux de la Passion.

« Tenez, dit-il, voici un personnage que je dois représenter plusieurs fois ; c'est saint Pierre : vous me serez très-utile pour cette figure.

— Je suis à votre disposition, Monsieur. Comment faut-il me placer ?

— Ah ! je vois que vous n'êtes pas habitué à poser.

— En effet, c'est la première fois que cela m'arrive. »

Jordaens contempla son modèle avec intérêt. Laissant là ses crayons, il s'approcha du vieillard et lui prit les mains.

« Vraiment, dit-il, j'ignore pourquoi votre vue m'émeut ainsi, pourquoi j'hésite à accepter l'offre que vous m'avez faite. Soyez sincère avec moi : avouez-moi qui vous êtes et quelles sont les circonstances pénibles qui vous ont amené à soumettre vos traits vénérables à mon pinceau. Vous feriez injure à mon cœur d'artiste si vous éprouviez vis-à-vis de moi une fausse honte.

— Votre extrême bonté m'encourage, Monsieur, dit le vieillard en essuyant ses yeux humides. J'ai beaucoup voyagé, et franchement j'ai rencontré peu d'hommes comme Jordaens. L'élévation du caractère s'accorde avec celle du mérite. Écoutez donc, puisque vous voulez un aveu complet. J'ai connu la richesse, mais je l'ai connue trop tôt, à l'âge de l'inexpérience; de folles dépenses, un luxe déréglé, des amitiés trompeuses m'entraînèrent dans une voie fatale, au bout de laquelle était la ruine. J'avais un frère aîné, plus sage que moi : je repoussai ses conseils, je m'irritai de ses remontrances. Alors il me ferma son cœur et cessa de me voir. Le jour qu'il avait prédit arriva; je me trouvai sans ressources. Que faire, hélas! je n'avais pas acquis l'habitude si précieuse du travail. On recrutait des soldats pour les Indes orientales : je m'offris et je fus accepté. La casaque sur le dos, je partis. Inutile de vous raconter tout ce que j'ai souffert sur une terre lointaine et brûlante où je n'avais ni parent ni ami. Tour à tour j'ai été soldat, matelot, puis fabricant. Rendu enfin à la raison par mille épreuves, je devins aussi économe que j'avais été prodigue. Dans ma dernière condition, je n'eus plus de trêve que je n'eusse amassé un pécule suffisant pour me relever aux yeux de ma famille; car c'était à elle que je pensais sans cesse, c'était pour elle que travaillait l'enfant prodigue.

— Vous n'êtes donc pas indigent, comme votre costume le ferait croire? dit Jordaens avec satisfaction.

— Dieu merci, non, Monsieur; mais j'ai pris ces dehors plus que simples afin de ne pas être reconnu à Anvers. La première fois que j'y suis revenu, je n'avais qu'un désir : revoir mon frère. Aujourd'hui je ne veux pas m'éloigner sans que ce frère chéri, m'ait embrassé et pardonné.

— Fort bien. Mais, maintenant, en quoi puis-je vous être utile ?

— N'avez-vous pas deviné que le frère dont je vous parle n'est autre qu'Adam Van Ort ?

— O Ciel ! vous seriez ce Samuel dont il a prononcé plusieurs fois le nom devant moi !

— Il ne m'avait pas oublié !... dit à son tour le vieillard avec attendrissement. Mais non, ajouta-t-il d'un ton triste, ce souvenir était accompagné d'amertume : ne me le cachez pas, Monsieur.

— En effet, je l'avoue.

— Eh bien, voici quel était mon plan et pourquoi je me suis présenté à vous. J'avais dessein de vous révéler mes peines dès que j'aurais gagné votre confiance. Votre confiance ne s'est pas fait attendre, j'en rends grâces à Dieu. Je me disais donc que la générosité naturelle à votre âge vous déterminerait à plaider ma cause auprès d'Adam, qui vous considère comme son meilleur élève...

— Bien plus, il m'accorde le titre de fils !

— Se peut-il !...

— Oui, Monsieur : et voilà ce bonheur dont je vous parlais. Mais que je ne sois pas le seul à être heureux : il me serait doux que mon entrée dans la famille Van Ort fût le signal de votre retour parmi les vôtres.

— Comment faire ?

— C'est ce que je me demande. Maître Van Ort n'est pas homme à abandonner facilement ses préventions. J'essaierai cependant, je sonderai le terrain.

8*

— Ce sera difficile, ne vous le dissimulez pas.

— Quel mérite y aurait-il à tenter une chose trop aisée ? » dit Jordaens avec chaleur.

Et, embrassant le vieillard :

« Tenez, ajouta-t-il, mon cœur m'annonce une victoire. Ne vous alarmez pas, je serai prudent. Évitez la rencontre de votre frère, et revenez ici demain avoir des nouvelles. »

Jacques retourna chez son futur beau-père, par qui il était impatiemment attendu.

« Ah çà! dit maître Van Ort, j'aime à aller rondement en besogne. J'ai donc conçu l'idée de célébrer les fiançailles dès jeudi prochain, jour des Rois! Nous ferons la fête en famille, et je compte sur mon gendre pour me tenir tête. »

Ces paroles mirent Jordaens à l'aise. A l'instant même son plan fut tracé dans son esprit.

« Vous m'enchantez ! dit-il. Mais j'ai une grâce à vous demander.

— Laquelle? Parle! Si c'est possible, c'est accordé.

— C'est très-possible. Permettez-moi d'amener à notre petite fête un ami, un voyageur... »

Van Ort fronça le sourcil en disant :

« Est-ce que tu y tiens beaucoup?

— Beaucoup.

— En ce cas, fais ce qu'il te plaira. Et qu'est-ce que ce voyageur?

— Un homme excellent, digne d'intérêt.

— Ah ! ceux qui reviennent de loin en ont toujours long à conter !

— Celui-là est l'honneur, la franchise même.

— C'est ce que nous verrons... Mais je me défie des voyageurs. »

IV

LE ROI BOIT !

Le jeudi arriva. Une table somptueusement dressée attendait les convives. Jordaens parut chez Van Ort avec l'étranger. A l'aspect de ce dernier, le peintre frémit. Il avait reconnu son homme de la taverne du *Grand-Cygne*. Celui-ci s'inclina gravement, et, saluant les convives avec l'expression de la reconnaissance, il dit :

« J'ai mille remercîments à vous faire, vous qui voulez bien, sur la recommandation du bon Jordaens, m'admettre à votre fête de famille.

— Oui, oui, grommela Van Ort, c'est entendu. Pas de cérémonies.

— Voici la fiancée ?... ajouta le vieillard d'un ton pénétré. Puisse le Ciel être favorable à son union ! »

Van Ort avait envie de riposter par quelque bourrade à ce vœu touchant. Il n'osa en voyant Catherine et Jordaens s'incliner sous la main du vieillard.

« A table ! » cria-t-il.

Sur un plateau était posée une couronne de vermeil destinée à ceindre le front du *roi de la fève*.

Au dessert, le gâteau fut apporté.

« Hé ! attendez-moi ! » dit une voix grotesque.

C'était Tobie Kriken, le *fou d'Anvers,* avec sa ma-
rotte, son bonnet surmonté d'espèces de cornes et
sa face enluminée. Tobie avait, de par sa démence
joyeuse, le droit d'entrer partout où il lui plaisait.
Van Ort, qui s'amusait de ses propos, l'accueillit en
riant.

« Viens, Tobie, tu auras ta part de gâteau.

— J'y compte, dit le fou. Il n'y a pas de bonne fête
sans Tobie, et surtout chez les peintres, qui sont un
peu mes cousins germains. Ah! ce serait beau si j'avais
la fève!

— Le hasard est bien capable de cette bouffonne-
rie, dit Van Ort. Mais quelle reine prendrais-tu?

— Mille polders! Catherine!

— Rien que cela! Et que lui donnerais-tu, à ta
reine?

— Deux onces de patience pour entrer en ménage. »

Un rire bruyant suivit ces paroles. Seul, le vieillard était demeuré grave et silencieux. Parfois Van
Ort l'observait d'un œil inquiet. Il fut aussi l'objet
de l'attention de Tobie.

« Tiens! dit le fou, voilà un aïeul que je ne con-
naissais pas! Est-ce un ambassadeur du Grand-
Turc? ou un honnête juif d'Amsterdam? ou encore
un illustre membre de la famille?

— Vous avez peut-être fini par la vérité, » dit à
son tour le vieillard.

A ces mots, Van Ort tressaillit, tandis que Jordaens était sur les épines.

« A qui la fève? demanda le fou. Quel dommage

si je ne l'ai pas !... Mais je me consolerai en buvant à la santé de Sa Majesté. A qui la fève ?

— A moi ! » répondit le vieillard.

Il la montra, aux applaudissements de Catherine, de sa mère et de Jordaens ; et, ayant pris la couronne, qu'il posa sur son front, il tendit son verre.

« *Le roi boit !*... crièrent les convives.

— Choisissez votre reine, » dit Jacques en souriant.

Le vieillard indiqua Catherine.

« Eh bien ! dit le fou d'Anvers, puisque vous m'avez détrôné, quel cadeau ferez-vous à Madame?

— Ma tendresse la plus vive.

— Oh ! oh ! c'est bien creux.

— Et de plus... »

Tirant alors de la grande poche de sa simarre un portefeuille amplement garni de valeurs considérables, le vieillard l'ouvrit et le tendit à Jacques en disant :

« Mon enfant, voici ce que le roi de la fève offre à la fiancée. Acceptez ce don de mon amitié ; je sais quel bon usage vous en ferez. Celui qui remplit déjà l'Europe du bruit de son nom, celui-là saura être digne de la fortune comme il l'est de la gloire. Quant à moi, je dois me retirer ; je suis content, j'ai obtenu ce que je désirais. Jordaens, Catherine, n'oubliez pas dans vos prières Samuel Van Ort.

— Samuel !... » tel fut le cri qui s'échappa de toutes les bouches.

Il y eut un peu d'irrésolution chez le peintre. Mais le sentiment qui le retenait n'eut que la durée d'un éclair ; Adam se leva pour se jeter dans les bras qui lui étaient ouverts.

« Mon pauvre frère !... Au diable les rancunes ! »

Et déjà Catherine était suspendue au cou de son oncle.

« Merci, Jacques, dit Van Ort, toi qui me donnes un fils et me rends un frère. »

Et comme les questions se croisaient, le fou dit avec impatience :

« Çà ! remettons-nous donc à table ! L'émotion dessèche le gosier.

— Il a raison, dit Jordaens en riant. Sois tranquille, Tobie, je ferai un tableau de notre scène de famille, et je ne t'y oublierai pas.

— Bravo ! me voilà sûr d'arriver *ad sæcula !* »

Samuel s'était remis à sa place. Il tendit son verre à un valet qui l'emplit ; puis il le porta à ses lèvres.

Et l'assistance entière s'écria d'une seule voix et avec l'expansion du bonheur :

« Le roi boit !

— *Le roi boit !*... répéta Jordaens. J'appellerai ainsi mon tableau. »

LOU RAMELET

LAS TRÉIAS — LOU CHIVALET

I

Le Languedoc, ce pays si animé, si riche des dons du Ciel, si justement fier de la vivacité d'esprit de sa population, a toujours eu le privilége des fêtes les plus charmantes et les plus poétiques.

Là ce ne sont pas seulement quelques membres d'une corporation qui, en costumes de gala, chevauchent par les rues des villes, appelant sur leur luxe les regards ébahis de la foule : c'est la foule elle-même qui se meut d'un commun accord, jette des cris joyeux, fait retentir des chants; ce sont toutes les mains qui se joignent, ce sont tous les pieds qui frappent le sol en cadence pour s'engager dans le labyrinthe des danses nationales.

Un ciel d'un azur inaltérable sourit à la fête ; tout chapeau a des fleurs, tout corsage a son bouquet de roses. Pierre II, le roi d'Aragon, le fier suzerain des *ricos hombres*, entre à Montpellier, où il vient épouser la douce Marie, l'héritière de la seigneurie.

II

D'abord le *Ramelet* déploya la science de ses passes chorégraphiques. Dans ce pays le Ramelet était jus-

tement populaire; car il s'y rattachait un cher souve-
vir, celui de Raymond V, le bon comte de Toulouse,
en l'honneur de qui cette danse fut imaginée.

Qui dit *Ramelet* dit un bouquet, et ce fut avec des
jeunes filles qu'on voulut le former. On leur donna à
toutes un même costume des plus gracieux, on leur
mit aux mains des cerceaux revêtus de violettes et
de roses, et on leur enseigna ces passes savantes qui
font en quelque sorte des chiffres et des entrelacs ani-
més. Le trèfle, l'ogive, la rosace semblaient prendre
la vie avec leurs formes variées; ou plutôt c'était un
jardin qui se mouvait, et changeait d'aspect à mesure
que les ingénieuses figures venaient à se multiplier.

Ce fut l'image du printemps : roses et violettes disaient le *renouveau*, et rappelaient ce mois de mai qui
fleurit si doux et si riant sous le ciel du Midi.

Le roi d'Aragon se penchait sans cesse vers ses
courtisans et leur disait qu'il n'avait rien vu d'aussi
enchanteur. Il ne fallait pas moins que cette vivacité, cet accueil empressé pour éclaircir les ombres
qui obscurcissaient son front. Si on eût lu dans son
cœur, on eût pu voir que le fier Espagnol avait
conçu, dès le premier moment, contre Marie une
de ces antipathies que ne saurait souvent s'expliquer
celui-là même qui en reçoit l'atteinte. L'union, toute
politique, n'avait pas été précédée par cette tendresse
dévouée qui naît de l'habitude : Pierre II était venu
chercher cette belle perle qu'on appelait Montpellier;
mais quant à aimer l'héritière du comté, c'était autre
chose.

Et Marie le sentait bien; plus d'une larme humecta

ses paupières, tandis que la comtesse, abritée par un dais de brocart d'or, suivait d'un regard vague le mouvement de la danse populaire.

Cependant les jeunes filles s'étaient retirées, laissant la place aux trouvères, qui chantaient en s'accompagnant sur le rebec et la viole d'amour. Au bout de peu de temps, elles reparurent : cette fois, c'était l'automne qui s'avançait sous le nom de *las Tréias*. Leurs cerceaux avaient été entrelacés de manière à imiter des treilles; aux violettes on avait substitué de belles grappes de raisin. On avait adjoint aux jeunes filles des compagnons, des bergers un peu idylliques, tout garnis de rubans au chaperon, aux genoux et aux épaules, bergers vêtus d'étamine et portant dans leurs panetières des roses effeuillées qu'ils lançaient en dansant vers les augustes époux.

Si le *Ramelet* avait excité l'enthousiasme, *las Tréias* firent naître le délire. On put discerner une véritable satisfaction sur les traits de Pierre II, qui ne ménagea point les largesses à ces beaux danseurs.

Avons-nous besoin d'ajouter que le roi d'Aragon eut aussi le spectacle du *Mystère de la Passion*, joué par une troupe d'Enfants sans souci? A cette époque, il n'y avait pas de fête complète sans cette mirifique représentation.

Le soir venu, Pierre prétexta une grande lassitude pour rester à Montpellier; mais il eut soin d'envoyer pompeusement, avec nombreuse escorte de chevaliers, écuyers, pages et varlets armés de torches, sa dame au manoir de Mirval, non loin duquel il s'était réservé le château de Lattes.

On s'étonna, à vrai dire, de cette étrange façon
d'agir; on en murmura, mais tout bas, car le roi
d'Aragon était hautain et ne souffrait point la cri-
tique du menu peuple. Plus d'une des danseuses
du *Ramelet* et des *Tréias* se demanda si le ménage
obscur des bons petits bourgeois n'est souvent pas
plus fortuné que celui des puissants de ce monde :
mais peu à peu les commentaires tarirent. Comme on
n'apercevait plus la triste Marie, reléguée dans sa
solitude, on s'habitua à l'oublier, et l'on finit par
accepter un état de choses contre lequel s'étaient éle-
vés d'abord tant de scrupules et de récriminations.

III

Qui pourrait compter les larmes de Marie, l'épouse
résignée qui avait trouvé le dédain là où elle mé-
ritait de rencontrer l'affection? Que de fois la princesse gravit, d'un pas lent, les rochers arides d'où
sa vue plongeait sur la mer !... Bien des heures se
passèrent pour elle dans la contemplation de cette
immensité diaprée de nacre et d'azur. Tantôt elle
s'abandonnait à une molle rêverie devant cette Mé-
diterranée calme et unie comme un lac; tantôt, dans
l'aspect des soulèvements de la vague et des tourbil-
lons de la tempête, elle retrouvait, comme en un
miroir trop fidèle, l'image de l'existence orageuse
des princes.

Mais cette sainte femme ne savait pas murmurer.
Elle se bornait à dire, chaque soir, en quittant son
rocher favori : « O mon Dieu! que votre volonté soit
faite ! »

Parfois, cependant, il lui arrivait de tressaillir.
C'est que le vent avait apporté jusqu'à elle la sonore
fanfare des trompes de chasse et les rauques aboie-
ments des chiens. Si une des dames lui disait : « Le
roi n'est pas loin sans doute, » elle se contentait
d'incliner silencieusement la tête, ne voulant point
émettre de blâme contre son époux; car elle eût pu
répondre : « Non, il n'est pas loin; mais il ne viendra
pas ici. »

Or, un jour que Pierre était lancé à la poursuite
d'un magnifique dix-cors, il avint que la bête fauve
donna le change à la meute, et, ayant franchi les bois
touffus qui entouraient la résidence de Lattes, se jeta
à travers des plaines arides où de hautes roches se-
mées çà et là protégeaient sa fuite.

« Sus! sus! cria le roi d'Aragon; en avant, piqueurs!
Ne laissons pas échapper une aussi belle proie. »

Et la chasse repartit dans un nuage de poussière.
Les chevaux étaient haletants, le soleil dardait des
flèches de feu. Enfin le cerf vint s'abattre dans un
large fossé qui se creusait autour d'un manoir, et,
quels que fussent ses efforts, il ne put réussir à
remonter le bord.

Le roi arriva; furieux de ne pouvoir donner à
l'animal, selon les règles de la vénerie, le premier
coup d'épieu, il s'écria : « Qu'on mette les chiens à
l'eau et qu'ils déchirent le cerf! »

Au même instant le pont-levis s'abattit, comme
mû par des mains invisibles; puis il fut franchi lentement par une femme voilée, suivie de damoiselles
et de servantes. Cette femme s'arrêta devant le roi,

mit un genou en terre et releva son voile en disant :

« Salut et hommage à vous, mon noble sire ! Béni soit le Ciel, qui vous a amené jusqu'ici !

— Marie !... » murmura Pierre II stupéfait.

Puis il ajouta en souriant :

« Je m'aperçois qu'à mon insu je chassais sur vos terres, Madame.

— Puisqu'il en est ainsi, dit-elle, daignez, à ma considération, faire grâce à ce pauvre cerf qui a cherché un refuge dans ma solitude. »

Pierre la regarda fixement, et jugea qu'elle avait prononcé sans la moindre amertume ce mot de « solitude ». Il vit la douceur la plus angélique peinte dans les yeux de Marie ; un remords lui traversa le cœur.

« Qu'il soit fait selon votre désir, Madame, dit-il courtoisement ; mais il ne convient pas que je parle ainsi sans façon, du haut de mon destrier, à une noble dame telle que vous. Me baillerez-vous licence de visiter votre manoir ?

— Vous en êtes le maître et seigneur, dit-elle avec humilité. Si vous daignez vous y reposer et que ma présence vous importune, je me rendrai pendant ce temps sur le rocher qui est mon but de promenade habituel.

— A Dieu ne plaise que j'agisse avec si peu de courtoisie, répliqua-t-il en remarquant pour la première fois combien l'émotion donnait de charme au visage pâle et effilé de la princesse. Si j'entre au manoir de Mirval, ce ne sera qu'en tenant votre blanche main. »

Ce disant, il lui présenta la dextre.

Et les deux époux entrèrent ainsi au manoir de Mirval, tandis que le cerf, dégagé de sa prison liquide, regagnait lestement ses fourrés ombreux sans s'expliquer une bonne fortune à laquelle ceux de sa race ne sont guère accoutumés.

IV

Le lendemain, les habitants de Montpellier furent grandement émerveillés en voyant arriver à toute bride le sieur de Ronchetour, un des chambellans de Pierre II, et l'entendant crier :

« Liesse ! liesse ! voici venir le roi et sa femme sur le même destrier ! »

On s'attroupe, la nouvelle se répand; on accourt de toute part vers la porte de la ville qui ouvrait sur la route de Mirval. N'est-ce pas une illusion ? Voici un nombreux cortége qui apparaît... Les figures se dessinent. En tête est le beau roi d'Aragon, monté sur un magnifique cheval. Derrière lui se tient en croupe la douce Marie, souriant de bonheur et laissant la brise agiter les plis de son voile.

« Liesse ! liesse ! » criait la foule.

Et les noms de Marie et de Pierre étaient unis dans ses acclamations, comme ils le furent désormais dans son amour.

V

Mais chez une population vive et éprise du pittoresque, un événement semblable devait se traduire par une danse nationale, une danse commémorative.

Le roi et la comtesse Marie étant rentrés à Montpellier sur le même cheval, on créera *lou chivalet*.

C'est aux grands jours, à l'arrivée du souverain,
per exemple, que *lou chivalet* sera dansé.

Un homme fait mouvoir un cheval de carton
attaché à sa ceinture et dont le caparaçon cache les
jambes du danseur. Le centaure suit la musique. Il
caracole, il piaffe, il bondit sans relâche. Survient
un autre danseur muni d'avoine; ses intentions sont
excellentes : il veut présenter le picotin au cheval de
carton, mais celui-ci répond à cette attention délicate
par des ruades forcenées. Le talent d'un des danseurs
consiste donc à éviter la croupe, et celui de l'autre à
la lui opposer constamment. Il va sans dire que cette
lutte vraiment comique a lieu au centre d'une foule
d'autres danseurs ornés de fleurs et de rubans. Quiconque n'a point assisté à ce jeu ne saurait imaginer
combien il s'y dépense de grâce, de malice et de
souplesse.

Et c'est ainsi qu'un usage populaire, dont l'origine
se perd dans la nuit des temps, a consacré la mémoire
heureuse du jour de réconciliation où le beau Pierre
d'Aragon et la bonne Marie revinrent à Montpellier
sur le même cheval.

FIN

TABLE

8176. — Tours, impr. Mame.

www.ingramcontent.com/pod-product-compliance
Lightning Source LLC
Chambersburg PA
CBHW070849030726
47504CB00005B/1274